广 雅

聚焦文化普及，传递人文新知

广　大　而　精　微

林卫辉

著

寻味

In Search of Delicacies

GUANGXI NORMAL UNIVERSITY PRESS
广西师范大学出版社
·桂林·

寻味

XUNWEI

图书在版编目（CIP）数据

寻味 / 林卫辉著. -- 桂林：广西师范大学出版社，
2024.3（2024.7 重印）

ISBN 978-7-5598-6344-7

Ⅰ．①寻… Ⅱ．①林… Ⅲ．①随笔－作品集－中国－
当代 Ⅳ．①I267.1

中国国家版本馆 CIP 数据核字（2023）第 169160 号

广西师范大学出版社出版发行

（广西桂林市五里店路 9 号　邮政编码：541004）
（网址：http://www.bbtpress.com）

出版人：黄轩庄

全国新华书店经销

广西广大印务有限责任公司印刷

（桂林市临桂区秧塘工业园西城大道北侧广西师范大学出版社
集团有限公司创意产业园内　邮政编码：541199）

开本：787 mm ×1 092 mm　1/32

印张：11.625　　　字数：165 千

2024 年 3 月第 1 版　　2024 年 7 月第 2 次印刷

印数：7 001~10 000 册　定价：79.00 元

如发现印装质量问题，影响阅读，请与出版社发行部门联系调换。

·美味的足迹，人生的注脚

陈晓卿

新冠疫情蔓延，世界被迫按下暂停键。然而，总有人步履不停。

《寻味》是继《吃的江湖》《粤食方知味：懂食，从粤菜开始》《吃对了吗》《上新吧，福味》和《咸鱼白菜也好味》之后，林卫辉出版的第六本美食随笔集。它让人感受到作者的勤奋，三年时间，输出近九十万字的"干货"，我估计目前国内美食作家中，无人能出其右。

一

和我一样，许多人对辉哥如此高产感到不解，甚至怀疑是否有枪手存在，或者起码应该有 AI 写作软件吧？

"我的软件在这里，"辉哥指着自己的脑袋，旋即把食指尖转过来，"而这个就是我的枪手。"辉哥拿起手机演示，在不大的屏幕上手写输入（是的，手写输入，拼音对潮汕人一贯不友好），录入文字如速记一般行云流水，直逼好友闫涛的语速——闫涛老师也是美食家，"话语密集症"患者，日常说话每分钟平均234字。

"我不挑环境，更不需要'红袖添香'，等车的时候我都能写几百字。"辉哥继续展示他的宝贝，他不仅所有写作都在这台手机上完成，甚至可以同时推进几篇，而且不串台！好几个文件夹，分布着他正在构思、写作和修改的文章。这哪里是手机啊，完全是美食专栏生产流水线。

天河东路有座现代化写字楼，林卫辉的办公室就在这栋楼的34层。巨大的茶海边，辉哥不紧不慢泡着茶，屋子里飘着好闻的凤凰单枞的味道。

"我基本不怎么来，司机来得都比我多。"辉哥像许多潮汕籍老板一样，办公室和储藏间分不太清。写字台、茶几和地板上，几乎密不透风地摆放着各种茶和酒，其中一些价格不菲的"尖货"，显示着主人的品位。

林卫辉是位成功的商人，在多个领域打拼十几年，积累了还算殷实的身家。现在他的投资转向人工智能领域，公司由职业经理人管理，运转正常，自己则成了甩手掌柜。"我主要的工作，就是和客户吃吃饭，沟通信息，联络感情"，辉哥说。

衣食无忧，已过知天命之年，这也让辉哥成为广州知名的"地主"。闫涛老师用"急公好义"概括他的日常：一方面是指他仗义，愿意帮朋友出头；另一方面是慷慨，全国各地的美食家落脚广州，或多或少辉哥都有请客。

请客的副产品，是有更多接触美食的机会。辉哥认为，自己之所以在美食方面有些建树，主要缘于"饭局多"。往往一顿饭刚吃完两小时，他文章就出来了，洋洋几千言。"有时候你会发现，用文字回味美食，大脑皮层的多巴胺分泌速度，甚至超过享用时的状态"，辉哥得意地说。

这本《寻味》，不仅涵盖了辉哥在国内食游的足迹，更囊括了他全球行走的饮馔日记，从中完全可以感受到他带着的那颗好奇心、对食物的敬畏和"嘴大吃四方"的豪情。

二

辉哥的另外一个身份，是纪录片《风味人间》的美食顾问。他有着对食物博闻强识的功底和强大的索引能力，曾经很多次给予我们团队帮助。

制作《风味人间》第三季时，其中的一个故事讲鲍鱼的水下养殖和烹饪。之前我们的美食纪录片，更多聚焦的是平民食物，对鲍鱼这种中国"传统高档食材"研究不多，因此在前期调研方面遇到了一些困惑。

导演团队找到辉哥，希望更详细地了解中国人对鲍鱼口味养成的历史。问题提了一长串，比如中国食用鲍鱼的时尚变化，中国的古人更多的是食用干鲍还是鲜鲍，东南亚、日本和我们在加工干鲍方法上的差异……一股脑儿提给了辉哥。

本以为他第二天或者更晚的时候会给回复。没承想，不到五分钟，他发来一篇文章，附注留言说：这是他自己之前的一篇文章，基本上把我们的问题都回答了！之后，他微信又发来一些文字补充，应该也是从平时的食物笔记中复制粘贴而来。从这里可以看出，林卫辉是一位非常合格的学者型顾问，我们的小伙伴亲切地称他为"行走的美食工具书"。

对食物的认识，辉哥和我们的价值观也有很多相通之处。他流连于高档餐厅，也不排斥街头排档，更重要的是他所有的美食文字都是"双引擎"的：一方面他痴迷于食物考古，把许多语焉不详的食物记载进行系统性汇总；另一方面，对所有的记述，都转而用现代科学的目光重新审视，把食材的"界门纲目科属种"、食物的具体成分，以及加工和烹饪时的物理化学变化写得清清楚楚。这是现代科学认知对中国传统食文化的一种重构。这个工作，与我们团队完成美食纪录片的创作流程非常类似。

三

辉哥的工作方法，源自他青年时代的训练。

1987年，19岁的林卫辉参加高考，从家乡饶平考到广州，进入中山大学法律系学习。长夏无冬的城市，绿树成荫的校园，东21楼，10人一个宿舍，没有风扇。他最大的梦想，是能够通过抽签，住到通风的上铺位置。然而运气不好，4年抽了6次，居然一次都没有抽到。

也许是为了减少在闷热的宿舍驻留，年轻的辉哥不断参加各种活动。当年流行辩论赛，他参加了学校的辩论队，并且很快成为主辩手。他快速的反应能力和搜索证据的能力，正是那个时候培养出来的。

今天的餐桌上，辉哥还会经常表现出辩手的风范，引经据典地捍卫自己的观点，和老朋友一起更是这样。有时候，看到他坚定铿锵、语不惊人死不休的认真劲儿，真的很担心朋友之间伤了和气。

当然，和不熟的人一起吃饭，辉哥更多的时候会被他的高情商控制。即便有不同意见，他也会十分谦逊和有分寸地笑笑，找准时机，再缓缓说："不过呢，我听过另外一种说法哦……"然后小心翼翼阐述自己的观点，并且随时可以打住。

持之以恒的研究和卓有成效的交流，让辉哥对美食的理解不断加深。在这本书里，我们表面上看到的都是辉哥笔下具象的餐厅、厨师和菜肴；但实际上，他是把自己关于食物的所有知识都集中到了一张餐桌上。

当然，书的第三部分"寻味《风味人间》"，我是应该"回避"评论的。当初，随着节目播出，辉哥每周在自己的公众号"辉尝好吃"里更新，我一次都没好意思转发。一方面是因为辉哥对节目制作的很多夸赞是过奖了；另一方面，也觉得辉哥对节目有些"过度解读"的成分。

不过，用辉哥自己的话说就是："为什么不可以这么理解？一个美食顾问，本来可以有更多有意思的话题和内容告诉观众，但你并没有讲出来。"我只能苦笑点头称是。纪录片是一个集体项目，吸纳的是众人的智慧，同时也会有很多妥协，还要顾及更广泛的观众阶层。要讲故事，又不能有太高的知识门槛。

这是现实，也是视听阅读和文字阅读的不同之处，我写在这里，算是表达辉哥对我"恨铁不成钢"的一种歉意吧。

四

作为美食作家的辉哥几乎是在一夜之间出现在美食爱好者眼前的，很突兀，但也在情理之中，就如同他自己的答案："从来没有所谓横空出世，只有经年的积累。"他是一位善于收集和总结的人，对美食的阅读和感悟不过20年的时间，但集腋成裘，才有了今天的收获。

过往中国文人的美食写作，更多是借由食物抒发自己的感怀，这大都是因为对现实有某种失意或叛逆，陶渊明、袁枚莫不如此。清代袁枚，年过而立仕途不顺，决意辞官归隐随园，以诗文和美食与世界打交道，最终在晚年写下了中国美食史上最重要的著作《随园食单》。

辉哥真正接触美食文字，也是和袁枚辞官时差不多的年纪，那是他人生经历的一次低谷。对此，辉哥自己从不避讳。

那几年的"至暗时刻"，他选择了读书。最初读苏东坡，出发点是想找到一些励志内容。"没想到读来读去，最让我心动的，倒是那些有关食物的文字，"辉哥回忆说，"就像初到黄州，苏东坡能自己找乐子，尽可能把日子过好，这是支持我在那个时候认真读书的原动力。"

这是他美食阅读的原始积累，也是他的"第一桶金"。其实苏轼写美食，加在一起不过千余字而已。但在辉哥心目中，它至今依然排在《山家清供》和《随园食单》之前。更重要的是，苏轼见到食物就喜形于色。美食真有这么大的魅力？他想"探个究竟"，自此一头扎进古书堆里，并做了海量的读书笔记。

那些关于美味的记述，点燃了他对生活的希望。那段幽暗漫长的岁月，也激活了他对童年的记忆。

海山岛，林卫辉的出生地，他的童年一直和南中国海北缘的这片潮汐相关。至今他都喜欢自夸：在中国认识海鱼较多的人里，可以有他的一席之地。

每天一放学，他和小伙伴便到海边去，在滩涂上寻找，给家里的餐桌做补充和点缀。寒暑假也会去码头上帮忙，能"得到几分零钱"，或者吃到"一碗猪肉汤面"。但当年的他，觉得海岛上一怕干旱，二怕台风，渔民太辛苦，他决意靠读书改变命运。

父亲在相邻的钱东镇行医，辉哥来到这里读中学。与父亲相熟的一位厨师，南人北相。每次做席，这位高个子乡厨都会先把蒜末儿炸酥，做出来的菜，味道便与海山岛完全不同。少年辉哥只是好奇，并没有多想。这些往事，更多的是在后来那几年，他靠读书纾解困顿的时光里反复回忆和咀嚼的。

五

如今的辉哥，是备受关注的美食作家，书商们眼中的现象级写手，他们纷至沓来要求合作。我个人倒是有一个不成熟的想法，希望辉哥写慢一点。

几年前，我给一家公司录制美食音频节目，在网络上播放，两周一期。为此，我逼迫自己读书，大量查阅资料。那一年多时间里，我的收获确实很大。然而萝卜快了不洗泥，现在重读当年节目的文字记录，有很多遗憾，也会发现一些错讹。每想到此，不免还会脸红。

信息爆炸的今天，不管主动还是被动，人们史无前例地从无数渠道获取着海量的知识。大数据和算法也投其所好，分类剪裁后进行信息投喂。这些内容是纷乱琐碎和良莠不齐的，伴随着积累，"茧房"的外表会更加嶙峋和坚固。

知识应该是手段而不是目的，陈立老师后来为我做了解惑的工作，他说："人的阅读，实际上是个摄取的过程，思考，才是一个消化过程。最好的状态是：有限的阅读、有限的听闻和无限的思考。"

这段话，点醒了我要做知识"搬运工"的大梦。毕竟，思考才是最有价值的。毕竟虚长辉哥几岁，于是我打算把陈教授这句话转赠给他。今年三月，儿子从广州回美国，我陪他去黄埔军校旧址"受教育"，顺便去辉哥家拜访。我寻思这次见到辉哥，要和他切磋一下。

黄埔社区进门处便是菜市场，品类繁多，辉哥像个导游，一刻不停地讲解。对我这个北方人来说，眼睛完全不够用，也完全插不上话，只有各种艳羡，各种拍照。

比如见到被广州人称作"清明菜"的蘡菜，他便介绍，这就是《礼记》中所说的"蘋"，"脂用葱，膏用蘋"，曾经是用来给猪肉调味的……说到吃的，辉哥眼睛里总闪着异样的光。岭南，留存了那么多中国古老的生活方式，就像蘡菜，穿越两千多年历史，还能静静躺在现代菜市场里。

辉哥开车带我们去军校，一路继续介绍风景，珠江水系不停从车窗掠过。他出生在海山岛，最终在黄埔岛定居，这像一个闭环，也像一个隐喻。进军校参观，辉哥没有作陪。他找了一棵大榕树，坐在树下，照例掏出了宝贝手机……直到我们父子出来，他的写作姿势都没变，估计又有一篇新文章要出来了。

看着一个年过半百的汉子，经历了少年得志、仕途意外和商海打拼之后，能够这么通透练达、云淡风轻地做着自己热爱的事情，这也算是得偿所愿吧。虽然想起了陈立教授的话，但我最终还是没说出来。

看这架势，辉哥一定会在美食的道路上继续披发狂奔，他的写作一定还是按下倍速键的；而且，不管这个世界是暂停还是后退。

2022 年 5 月 29 日于北京

目 录

第一章

寻味中华

腾，飞得高一些

　　大约半年前的一个饭局，与鲍鱼王子麦广帆兄和麦嫂虹姐在隔壁房间偶遇，虹姐说她的闺蜜玲姐正在装修一个餐厅，希望我到时大力支持。我拍胸脯表示，到时一定去消费，以实际行动支持。半年过去了，玲姐相约吃顿饭，原来，餐厅一切已经准备妥当，让我去试菜。

　　言出必行，这顿饭总得吃，应邀一起的还有跃餐厅的"四大天王"和珠江新城张智霖、冯永彪师傅，都是我的偶像，更是心情大好。

　　餐厅坐落在珠江新城花城大道珠光·壹坊商业裙楼里，这是时尚餐饮扎堆的地方——作为广州 CBD 的珠江新城，可以做餐饮的物业几年前已经塞满，珠光·壹坊是这两年交付的新物业。时尚餐饮选择在此落户，可以看出广州高端餐饮的新趋势，就是向着时尚与奢华转变，看来原本偏向保守和实惠风格的广州高端餐饮也并非一成不变。

餐厅取名"腾"，当然有一飞冲天的愿望，我开玩笑说这个餐厅不能卖鸡，否则上这道菜就得叫"腾鸡"，广州话就是"惊慌失措"的意思，不吉利。玩笑归玩笑，这个名字，还是蛮时尚的，也容易被人记住。餐厅的装修风格更是充满时尚元素，上下两层有三百多平方米的空间，只设计成两个包间，一个带雪茄房，一个带卡拉OK房，还有独立电梯，保证了空间的私密。从硬件上来说，这已经是高端餐饮的顶级标配了，只要出品和服务跟得上，这家餐厅一定火，只有两个房间，"一房难求"是肯定的。

广州的粤菜馆并不重视冷菜，这是因为在别的菜系里冷菜所承担的任务，在广州的粤菜馆找不到下脚之处。中国式宴请，一坐下很快就要端起酒杯，但从点菜到上菜总有个过程，作为早已准备好的冷菜，就可以起到一个暖场的作用。既然是暖场，连配角都算不上，价格也就不能太高，一分价钱一分货，当然也不可能对它的品质要求太高。广州的酒文化比较温和，"敬酒不劝酒"仍然是本地酒文化的主流，喝一碗热汤再敬酒，冷菜的角色就更不重要了。再说了，粤菜里的烧鹅、叉烧、白切鸡、各种卤水菜，虽然是主菜，但也是可以即点即上的，完全可以取代冷菜的功能。所以，粤菜馆的冷菜，多为应付之作。然而，"腾"的冷菜，一点都不"应付"：一碟炸日本富山小虾，鲜香爽口；一碟海苔粉裹腰果，香脆浓郁；一碟黑松露螺片，鲜中有香；一碟话梅小西红柿，酸爽开胃……既有高端餐厅应有的品质，也不缺冷菜应有的安分。

几个主菜显示出粤菜的功底，又不缺创新元素。野生石斛炖山泉鸭，石斛味甘，有特殊的香气，但也有药味，用石斛炖汤，要去药味留香味，这当中的关键是对量的把握，少则香味不足，多则药味过浓，"腾"的这个汤，对石斛用量的把握恰到好处。明朝名医李中梓在《本草通玄》中说："石斛，甘可悦脾，咸能益肾，故多功于水土二脏。但气性宽缓，无捷奏之功，古人以此代茶，甚清上膈。"又甘又咸，那只能拿来炖汤，健脾补肾，和水鸭搭配再合适不过，不过他说如果想起作用要常喝，因为它"无捷奏之功"。"腾"的这个汤如此美味，多喝倒是没问题，就是担心钱包不答应。

浓汤翅非常特别，选用鲨鱼尾鳍的金钩翅，这个部位全鳍无骨，加工后成数最高，翅针粗长，价钱亦最贵。上菜前，服务员拿出金钩翅展示给客人看，让客人近距离接触高端食材，客人会产生"物有所值"的满足感。这种自信地介绍食材的做法，我在广州餐厅还是第一次看到。鱼翅的主要成分是钙化的胶原蛋白，不知从什么时候起，人们以翅针为贵，为了突出翅针的坚挺，只是对鱼翅进行简单的泡发和蒸，再与高汤勾兑，这样做出来的鱼翅看起来分量很足，但汤与翅分离，味同嚼蜡。"腾"用古法煲翅，用老母鸡和猪腿肉煲鱼翅，让鱼翅入味，再把已经入味的鱼翅捞出来，与另一煲高汤烹煮调和，这样做出来的翅汤，滋味浓郁醇厚，鱼翅软糯入味。奶白色的浓汤，源自鱼翅的胶原蛋白释放的明胶，一头抓住鸡和猪肉的脂肪，一头抓住水，光线照射在这些均匀的小油滴上，反射出来的就是奶白色。特别的香味，缘于与鱼翅汇合的高汤是刚刚熬制出来的，香味分子还得以妥善保留。

原来高端潮汕菜常用的花胶，现在几乎火遍所有菜系，倒不是因为花胶有多么美味，而是因为它传说中的功效和软糯的口感。花胶本身味道寡淡，富含的胶原蛋白经加热后分解成明胶，带来软糯的口感，确实不错。花胶的分子结构十分紧密，这就难以入味。常见的做法，比如炖汤，根本没有味道，粤菜的鲍汁扣花胶，也没办法让花胶入味，而是靠蘸鲍汁调味。让花胶入味，长时间的烧就是好的办法。各个菜系的烧法多种多样，有家烧、红烧、白烧、生烧、熟烧、酱烧、葱烧、蒜烧、干烧、软烧、糟烧、卤烧，还有什么煸烧、煎烧、焖烧、煨烧、扒烧等，粤菜的"烧"等同于"烤"，与"烧"对应的是"炆"，也作"焖"，焖烧法可以把花胶里蛋白质的折叠式结构打开，其他味道就容易进去。"腾"借用潮式风味和广式烹饪方法，用高汤和萝卜干入味，鲜而不腻，好吃。

"腾"有以功夫见长的菜，也有彰显食材优势的菜。陈皮葱花蒸天然斑鱼，新鲜的野生东星斑，已经鲜甜得不需要酱油的加持。生猛海鲜是粤菜的特色之一，如今物流发达，其他城市和菜系也频频用生猛海鲜做菜，但广州的生猛海鲜还是有它不可代替的优势。别看同样都是游水海鲜，它们被捕捞上来后基本就不再进食，靠消耗自身能量维持生命，更不要说为了减少运输过程的耗氧，需要用特殊手段让海鲜少吸氧。"腾"每天寻找状态上佳的野生斑鱼，蒸鱼的火候把握极佳，这是我近年吃到的最好吃的一条清蒸鱼。来自福建东山岛极鲜的鱿鱼，用九层塔焗，氨基酸带来了鲜，糖原分解成葡萄糖从而带来了甜，九层塔带来了香，这个菜，让正受痛风困扰的喜客彪都忍不住"大开杀戒"。葱爆雪花牛肉，汁水多得差点从口中流了出来，吃这个菜，记得别说话。这个季节的圆白菜，又脆又甜，台湾把圆白菜叫高丽菜，"腾"选择来自台湾的圆白菜，简单地清炒，用鱼露调味，甜到了极致。

"腾"的出品，重视食材，发挥食材的优势，烹饪方法上既重传统又敢于创新，这个路子是正确的。唯一令我为他们担心的是只有两间房，形成不了规模效应，高成本也会推高价格，人均两千以上的消费，在广州市场已经是很高的了，但总的感觉是"值"！

广州的美食，存在于街头巷尾，遍布各个大众餐厅，好吃不贵是广州美食给这座宜居城市做出的贡献。但是，高端餐厅也是反映一座城市美食水平的一个方面，与北京、上海、深圳这些城市比，我们在这一方面仍有提升的空间，"腾"的出现，为广州新增了一家优秀的高端餐厅。希望我的担心是多余的，也衷心祝福"腾"飞得高一些——当然了，说的不是价格。

讲究的食材，老广的味道

在高端餐厅同质化、融合化，通过法国肥肝、鱼子酱、黄花鱼、老鹅头等高端食材努力提高客单价的今天，有这么一家餐厅，仍然以坚持做老广的味道为目标，人均消费两百元的价格也还亲民。这家餐厅，就是广州的花城苑。

鸡，是广府菜的头牌，所谓"无鸡不成宴"，说的是鸡在广府菜中不可或缺的历史地位。然而，时过境迁，昔日算贵价菜的鸡，在各种生猛海鲜、鲍参翅肚面前，已经变得太过普通，更"要命"的是，太高的出肉率，让商家对它"怀恨在心"——点了一只鸡，基本上就不需要再点其他肉了。客观原因是，现代养殖技术让鸡长得飞快，成本大大降低，以前年节才能吃到的鸡，而今与猪肉一样普通，传统的养殖方法已经变得

花城苑

药材浸鸡

隔水蒸鸡

没有竞争力，客人也不愿意以高价为一只貌似天天可以见到的鸡买单。从供给、销售到需求都缺乏热情，导致鸡在粤菜高端餐厅中的地位每况愈下，广府人说"拜神唔（不）见鸡"，现在是到高端餐厅吃饭，难见一鸡。

花城苑定位为人均几百的消费，让鸡出现在餐桌上成为可能。他们的鸡，找的是传统喂养180天的走地鸡，足够的生长时间，让鸡积累了足够的风味物质，因此鸡味十足；充分的运动，使得肉质紧致。药材浸鸡，药材的香味，弥补了浸鸡时肌肉紧缩导致的部分风味的流失，鸡肉在不足100℃的药材汤中浸熟，不会过度收缩，鸡的大部分风味物质得以在肉里保留，鲜香十足。这道菜，浸鸡需要的时间比较长，所以需要提前预订。隔水蒸鸡，这可不是普通地把鸡蒸熟就算了，蒸汽让鸡肉蛋白凝固从而引起肌肉紧缩，会将部分汁液排出，这些汁液的主要成分是呈鲜味的氨基酸，尽管选的鸡风味足够，但氨基酸的部分流失，还是会导致蒸鸡鲜味不足，尽管香味还在。花城苑的解决办法是将这些从鸡肉里流失的汁液收集起来，吃鸡肉的时候，将肉浸泡在鸡汁里，越充分越好，吸足了鸡汁的鸡肉，又香又鲜。花城苑的鸡，连鸡肠、鸡胗、鸡肝、鸡血都一起上，这是粤菜的老传统，讲的是全鸡，不会把鸡杂扣下来又炒一道菜收你一次钱，实诚！

当大家把眼光聚焦于国外生猛海鲜时，花城苑却将注意力集中在南沙出海口和西江，那里的野生河鲜和近海鱼虾，正是老广难舍的味道。河虾、笋壳鱼、黄脚立、鳗鱼、甲鱼……不用担心这些河鲜、海鲜不是野生的，花城苑为你把足关，每天深入捕捞现场，务必保证不会有"假货"。

河虾

笋壳鱼是尖塘鳢属鱼类的俗称，原产于东南亚诸国及澳洲大陆，是虾虎鱼家族中较大的淡水名贵种类，因其肉质细腻、味道鲜美、营养价值高而广受消费者的喜爱。云斑尖塘鳢和线纹尖塘鳢是二十世纪八九十年代先后引进我国珠三角地区，并作为特色品种得到推广的。西江里的笋壳鱼，是塘养笋壳鱼的"漏网之鱼"，跑到西江后变成野生鱼。花城苑的笋壳鱼，因为是野生的，鱼味更足，肉质更紧实。油浸笋壳鱼，鲜香嫩滑。黄脚立，正式名称是黄鳍鲷，又名黄翅、黄墙、赤翅等，属鲈形目鲷科鱼类，为浅海暖水性底层鱼类，适盐范围较广，在盐度为5‰—43‰之间的海水中均可生存，可以从海水中直接移入淡水，在半咸水中生长。但野生黄脚立与养殖黄脚立味道相差很大，花城苑的油盐蒸野生黄脚立，鲜得发甜，肥得通透，简单的油盐清蒸，吃的是原汁原味。即便是小鱼，花城苑也把它们利用到极致——来自南沙近海的凤尾鱼，尽管也可以叫它刀鱼，卖个高价，但花城苑连名字也懒得给它起，做成熏鱼，薄弱的身躯，一炸即酥脆，多如牛毛的肌间刺，也化身为可爱的补钙神器，即炸即浇熏鱼汁即上，不好吃都不可能。来自西江的小鱼，熬出来奶白色鱼汤，加入管家的日本面，做出一碗鱼汤面，那种滑溜舒坦，直教人感受到何为幸福……

熏凤尾鱼

花城苑出名的溏心萝卜花胶猪展汤，核心技术是将一斤多一个的白萝卜未经盐渍就生晒成溏心的萝卜干，萝卜的风味得以浓缩，经过发酵还带来特别的风味，释放出的清甜，让这个汤喝起来特别舒坦。理论上，不论蔬菜还是水果，都是可以无限期保存的，前提是要先杀灭活性组织，让酵素失去活性；接着要让微生物无处栖身，也即当蔬菜、水果的含水量降至5%—35%时，微生物基本无法滋生，蔬菜、水果便不会腐烂。花城苑要做的不仅仅是让萝卜不腐烂，还要让它变得更美味，这个做法与东坑阴菜的制作工艺不尽相同：拔出萝卜带出泥，在田间连泥曝晒，水分蒸发一部分，萝卜里的多酚氧化酶对酚类物质进行初步分解，芳香物质开始积聚，酚类物质也因为接触到空气，开始氧化，颜色由白色转淡褐色；跟着去泥后人工搓揉，萝卜里的各种酵素和酚类物质彻底冲破各自的细胞壁，产生多酚类物质，芳香物质呈爆发性增长，芥子油挥发，萝卜里的淀粉转化为糖分，这是甜味的来源，也是溏心的原因；继续曝晒，酵素失去活性，萝卜令人不快的辛辣味消失，甜味取而代之。随着水分的蒸发，微生物失去了生存条件，萝卜干得以长久保存，同时，酚类物质进一步氧化，萝卜干变成如人参般的褐色。

溏心萝卜花胶猪展汤

时间让萝卜转化得更有滋味。为了这一美味，花城苑找地方让人种萝卜、晒萝卜，如此用心，方成就出如此美味。

柚皮鱼肠、柚皮焖鹅、香煎鲮鱼饼、煎酿三宝……这些广府人家要花几个小时才能弄出来的家常菜、功夫菜，随着生活节奏的加快，日渐消失于广府人的家庭餐桌，花城苑却将它们完整地保留在菜单中，老广的味道，在这里得以延续。

柚皮鱼肠

柚皮焖鹅

豆腐煲

煎马蹄糕

　　高端餐厅，租金、人力成本都不菲，没人愿意做这些客单价不高的菜。花城苑另辟蹊径，上天入地寻找好食材，把广府人家的家常菜做得不寻常，入店闻香即忘返，出门回味又思来，这样的餐厅，才叫贴心！

御口福
潮汕开渔宴的思考

　　从广州一个由城中村大排档起步的御口福酒家，经过二十多年的打拼，形成三家成规模的连锁粤菜餐厅，而且开到 CBD 珠江新城，粤菜做得十分地道。面对刁钻的食客，他们在三年前将寻觅食材的触角伸向潮汕惠来，每年南海休渔季结束，他们就推出潮汕开渔宴，今年的开渔宴，尤其出彩。

芹香焗龙头鱼

芹香焗龙头鱼。聂璜在《海错图》中说，"龙头鱼，产闽海。巨口无鳞而白色，止一脊骨，肉柔嫩多水"。龙头鱼属脊索动物门、硬骨鱼纲、灯笼鱼目、狗母鱼科，广府人称它为"狗吐鱼"或"狗母鱼"。至于"九肚鱼"，或许是因为"狗母鱼"太难听，加之粤语中"狗"与"九"发音相似，"吐"与"肚"发音相似，故而演化出该名。龙头鱼水分太多，嫩是它的优点，但也因为含水量大、脂肪含量少而鱼味不足，所以《海错百一录》这样描述龙头鱼："海鱼之下品，食者耻之。腌市每斤十数文，贫人袖归。"连穷人都怕因为买了它而被人耻笑，所以藏在袖子里，不得不说古人的袖子真好用。如何扬长避短？御口福去其中间脊骨，拍上淀粉后香煎，再以芹菜入味。此法让龙头鱼的水分去掉了一些，但并不影响它嫩的一面——它的含水量确实太高了，蒸发掉一部分仍然很嫩；高温油煎，大分子的蛋白质分解为呈鲜味的小分子氨基酸，所以特别鲜美，弥补了龙头鱼味道寡淡的不足。外酥里嫩，矛盾的口感，给予美妙的体验。这是很粤式的做法，精彩！

蚝仔粥水煮鹰仓片

蚝仔粥水煮鹰仓片。广府人将中国鲳鱼叫"鹰仓"，以其嘴巴似鹰嘴之故，至于"仓"字，是对"鲳"的误读。还有人叫它燕鲳，以其尾巴似燕子尾巴命名。福建人、潮汕人将这鱼叫作"斗鲳"，以其大如斗碗而得名，说的都是中国鲳鱼。这种鱼，肉质细嫩，脂肪含量高，鱼味很足，没有肌间刺，具备了一条优秀的鱼的所有优点，价格也与东星斑接近。潮州菜的做法通常是清蒸、香煎、堂灼或者青瓜煮，只要新鲜，怎么做都好吃。御口福用粤式的烹饪方法，把粥熬至不见米粒，淀粉完全糊化，形成只见水不见米的"粥水"，将鲳鱼切厚片后用粥水焯熟，糊化的淀粉把鲳鱼包住，鲜味和各种风味物质便不会跑出来。不仅如此，还将潮汕的小珠蚝加到粥水中，既给鲳鱼提鲜，又让粥水鲜味十足。至于蚝，就可以不用吃了，夏天的蚝进入夏眠，并不肥美，仅有的那点鲜味，已经全部奉献给粥水。这个粤式的演绎，绝妙！

沙茶酱焯鲜鱿鱼。新鲜得荧光闪闪的鱿鱼，一只有两三斤重，精细的麦穗刀法，将鱿鱼的肌肉纤维彻底破坏，在上汤里一焯，几十秒的工夫，温度达到60℃，肌肉收缩卷成漂亮的麦穗状，铺在同样焯熟的韭菜花上面，淋上煮过的沙茶酱。这个菜，新鲜的鱿鱼在

60℃时，汁液没有因为肌肉过度收缩而被挤出，所以鲜味达到峰值，而神奇的沙茶酱，则为这道菜增香提鲜。据潮州菜研究专家张新民老师的研究成果，沙茶酱是20世纪后期东南亚烤肉香料的潮汕改良版，源于印尼语Satay，原料构成极其复杂，有花生、芝麻、黄豆、花椒、辣椒、大小茴香、桂皮、鲽鱼干、葱油、蒜片、白糖、盐、油、南姜、虾米、香菜籽、芥菜籽、咖喱油、椰汁、虾酱、香茅等，简直就是潮汕版的咖喱。这种复合香料，潮州菜的用法一般是混着主料炒，御口福将它煮过后作为酱汁淋在鱿鱼上，想要浓郁还是清淡，食客自己做主。韭菜花白焯，吃到的是韭菜花的本味，如果喜欢重口味，沙茶酱就在旁边侍候。这种粤式轻烹饪做法，简约！

沙茶酱焗鲜鱿鱼

　　红蟹拌竹篙粉。潮汕人说的红蟹，是梭子蟹中的锈斑蟳，又俗称红花蟹、火烧公、十字蟹，细嫩的口感、鲜甜的味道，是它成为梭子蟹中贵族的关键，著名的冻蟹，就是由它作主角。将红蟹蒸熟后拆肉，与已经用酱料入味的竹篙粉搭配，不论是一口蟹肉一口粉，还是蟹肉与粉一起塞进嘴巴，蟹肉的鲜甜与米粉的清香，都是那么的般配，真的是"蟹肉与河粉齐飞，鲜甜共清香一色"。竹篙粉是肇庆市德庆县的特产，善做河粉的广府人，到了竹子产区的德庆，面对湿热的气候，将新蒸的热河粉随手搭在晒腐竹用的竹篙上，晾凉再切来吃，晾粉时水分的蒸发，让竹篙粉比普通的河粉更加干爽又不缺柔韧。这种潮汕与广府食材的碰撞，神奇！

红蟹拌竹篙粉

善烹粤菜的御口福，做起广府菜来得心应手。招牌的烧肉，酥化得稍纵即逝，想重温美味，只能再夹一块；脆皮牛肩骨用卤水入味，又烤又炸，香鲜嫩脆，城中第一。惠来的肉卷，又叫"广章"，这是什么文章呢？原来，这是一次以讹传讹的"事故"，它的真实名字应该叫"卷煎"，把食物用腐皮卷起来再用油煎，这一技法不仅仅指肉卷，萝卜丝卷也可以叫卷煎，潮汕话"卷煎"与"广章"谐音，错误就此酿成。但脆皮牛肩骨与广章的搭配不会错，两个配酒神物出现，不多喝几杯，都对不起它的美味。

脆皮牛肩骨

脆皮牛肩骨配广章

这些精彩绝伦的菜肴，成功的关键是潮汕优质海鲜与粤菜烹饪技法的结合，是师傅们对自己烹饪技法的自信与坚持。在物流发达的当今，全世界的食材都可以很方便地取得，各种烹饪技法也很容易可以尝到，米其林、黑珍珠等各种精致美食榜单趋同的标准，更是把各地本该各具特色的菜肴往趋同方向赶，高端餐饮中菜系的边界越来越模糊。比如潮州菜卤水老鹅头、冻蟹，也经常出现在其他菜系的餐厅；粤菜的干鲍，甚至让人忘了它原来是粤菜；连新荣记的黄金脆带鱼、沙蒜豆面也被纷纷模仿抄袭。高端餐厅的趋同是如此严重，菜系的边界是如此模糊，以致有一种声音，认为八大菜系的划分本来就是一种错误。

我是不同意这种观点的。菜系，不仅仅是不同地区不同烹饪手法的区别，更是不同地区人们口味偏好不同的结果。让川渝地区的人们偶尔吃一顿表现食物本味的清淡菜，他们估计会觉得新奇；天天吃这种菜，他们一定会有意见。同样，让喜欢清淡的广府人天天吃江浙口味和粤式的融合菜，他们不"造反"才怪。再说，高端餐厅和精致美食，只能代表一小部分人的偏好，广大人民群众喜欢的，还是原来的味道，代表一个城市餐饮文化和水平的，不是米其林、黑珍珠，而是苍蝇馆子和普通老百姓家里的家常菜。

脆肉

卤水老鹅头

这不是反对创新、反对融合。有一些餐厅走融合道路，运用各地食材，掌握各种技法，打破中西和各大菜系的边界，做出的融合菜也很好吃，但取得成功的只是极少数。融合既需要师傅们充分认识各种食材，又能娴熟地运用各种烹饪手法，这种通才，凤毛麟角，厨神蔡昊就是一个。这种餐厅，价格不菲，抛开经济承受力这个因素，你让我天天吃好酒好菜，我也不同意。我们的厨师，他们的技艺多数来自对上一辈的传承和自己的经验积累，即便是善于学习的师傅，传承的技法才是他们的专长，跨菜系的表现，对绝大多数师傅来说，仍然是如临深渊。如果粤菜师傅稍微学一下潮州菜就可以做好潮州菜，那潮州菜也太简单了吧？

烹饪，是一门科学，更是一门艺术，艺术需要创造，更需要熟练的基本功。对绝大多数餐厅和师傅来说，可以广泛采用食材，但还是要把你最擅长的一面表现出来，如此这般，方为稳妥。

潮菜未来的思考

　　成长于汕头本土的最贵潮菜吴 CLUB，将吴系列版图扩大到深圳，餐厅命名为"吴·现代潮菜"。在粤语里，"吴"与"唔"同音，"现代潮菜"变成"不现代潮菜"。老板单眼是业界公认的营销高手，用一个意思完全相反的谐音，让人一下子就记住了她的餐厅。

　　前菜的设计，不论是口味，还是表现形式，都是现代的。卤水脱骨猪脚，将传统的卤猪脚去骨后重卷定型，味道是潮汕的，形式是法式的，吃肉不吐骨头，优雅得很。嫩笋丝石榴球，取潮汕当季竹笋最嫩部分切丝，上汤入味，用蛋白煎成的薄蛋皮包住，形如石榴，既嫩且鲜，清爽得很。酱香九节虾扒，其实就是白焯九节虾，只是把壳剥了，重新组装，再弄点生抽蘸酱进去，帮你省了剥虾工夫，换了个名字，狡猾得很。巧工伍笋鱼冻，就是伍笋鱼饭，只取中间一段，剔去骨头，上面铺上普宁豆酱，精致得很。生腌潮汕虾蛄，传统的潮汕生腌，将容易刮到口腔的边边角角裁掉，又糯又鲜，稍微咸了一点，味道嘛，传统得很！五个形状各异的精美小碟拼成一个圆碟，与其他前菜交相辉映，五彩缤纷，令人食指大动。

卤水脱骨鹅掌

巧工伍笋鱼冻

冻红蟹

冻红蟹

酱香九节虾扒

裹肉配鱼子酱

前菜五小碟

几个主菜各具特色，其中备受闫涛老师称赞的36个月卤水老鹅头，味道确实不错。狮头鹅是最大型的食用鹅，一般长到一年就不长个儿了，再养下去不经济，所以必须杀。之所以有三年的老鹅，主要是为了配种，公鹅到了三年，性能力严重下降，再养也得不偿失。为什么叫36个月而不叫三年？因为"36"这个数字听起来好像比三年更长，反正追求老鹅头的食客，多少都要交点智商税——谁能证明你给我的老鹅头就是36个月，而不是35个月？老鹅头的鹅冠，主要成分是胶原蛋白，经过加热，胶原蛋白分解为明胶，变得软糯，但这时吃口感并不好，需要放凉。降温后的明胶，分子结构实现了重构，变得更有嚼劲；部分水分蒸发，造成表层脱水，所以变得有点脆；又脆又有些嚼劲，脂肪的脂香和香料的香味逐层释放，越嚼越有味，这就是卤水老鹅头的迷人之处。吴系的卤水老鹅头，干爽恰到好处：不干，所以不柴；不湿，所以脆得有分寸。

36个月卤水老鹅头

传统的潮菜，清淡是它们的特点，但"吴·现代潮菜"走的是浓郁路线。这种改变，也许是有道理的：在一个多元化的城市，欣赏潮菜的主力已经不是潮汕人，口味上浓郁一些，可能更受欢迎；年轻人重口味，也是一个趋势。八头的溏心南非干鲍，味道已经够浓郁了，还再加上黑松露酱，浓得几乎张不开口。炸裹肉由肥肉和五香粉组成，口味已经够重了，还再加上腥味十足的鱼子酱，还没下心头，就涌上了眉头。红花桃鱼（梅童鱼）够清淡的，但用鸡油浓汤煮，谷氨酸和核苷酸的组合，鲜得让人到处找水喝，没有水，酒也行……谁说潮菜就一定要表现出清淡？在口味方面，生意好不好，就是检验标准，开餐厅，赚钱才是硬道理。

黑松露酱溏心干鲍

最近红遍全国的潮州菜，原来是潮汕人的家常菜。现在的潮汕地区，其大致范围在唐至清属广东潮州府（路），所以这一地区的菜叫潮州菜。后来潮州府澄海县沙汕头（后改名汕头）建埠，凭借港口对外贸易，汕头成为远东地区商业价值和地位可与广州港相提并论的港口，其繁华程度超越潮州府，于是有了"潮汕"并称的说法。在地域经济面前，潮汕人也是各执一词，内部还在为究竟是"潮州菜还是潮汕菜"吵个不休，汕头和潮州，也都在为争取"潮菜之都"的名号公开角力。今天如此精致的潮菜，历史并不长，最远也就追溯到清末第二次鸦片战争时期，那时签订的《天津条约》和后来的补充文件，使汕头被迫开放，商贾云集，为潮州菜大繁荣创造了客观条件。精致，向来表现为有钱人的奢华，即便在潮菜的原产地，精致的潮州菜，也没太大的市场。毕竟，即便在物质丰富的今天，过日子不需要过于精打细算，但奢侈的消费，最后瘦的还是自己的腰包。

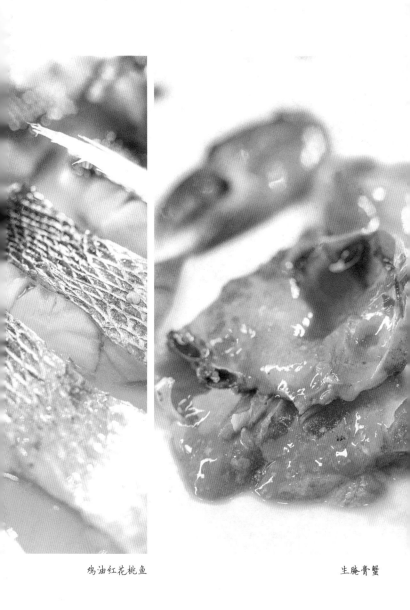

鸡油红花桃鱼　　　　　　　　　　　　　　生腌膏蟹

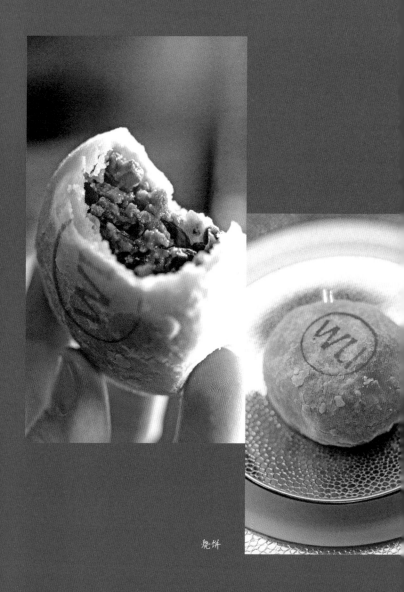

烧饼

谁都喜欢历史悠久，如果说一个菜系的源头是从当地有食物出现开始，那潮州菜的历史可以有一万年——出土文物显示，一万年前潮汕地区就已经有人类活动，但这样的结论显然是荒谬的。研究潮州菜的学者，喜欢将潮州菜溯源到韩愈所处的时代，都会引用韩愈的那首《初南食贻元十八协律》一诗，说是古代介绍潮州饮食特殊风味的代表作：

鲎实如惠文，骨眼相负行。

蚝相黏为山，百十各自生。

蒲鱼尾如蛇，口眼不相营。

蛤即是虾蟆，同实浪异名。

章举马甲柱，斗以怪自呈。

其余数十种，莫不可叹惊。

我来御魑魅，自宜味南烹。

调以咸与酸，芼以椒与橙。

腥臊始发越，咀吞面汗骍。

惟蛇旧所识，实惮口眼狞。

开笼听其去，郁屈尚不平。

卖尔非我罪，不屠岂非情？

不祈灵珠报，幸无嫌怨并。

聊歌以记之，又以告同行。

诗里列举了鲎、蚝、蒲鱼、虾蟆、章鱼和瑶柱等数十种食物，并懂得以咸与酸、椒与橙等调味。很遗憾，这首诗写的是"初南食"，"初次吃到岭南饮食"的意思，很可能与潮州菜无关。据国学大师、苏州大学教授钱仲联先生考证，元十八是韩愈的老朋友，当时是桂管观察使裴行立的幕僚，职为协律郎，家中排行十八，故所题诗名中有"贻元十八协律"。他是奉主人之命迎接韩愈于贬途，并陪韩愈走了一段路。韩愈不仅写了这首诗"贻元十八"，一路上还写了《赠别元十八协律六首》。从这六首赠别诗可以看出，元十八在清远峡山追上了韩愈，陪他进入广州，在南海神庙与韩愈分手后，元十八回广西，韩愈继续往潮州。韩愈写这首诗送给元十八，不可能发生在两人分手之后，所以，这首诗写的是岭南人的饮食，不是写潮州菜，真要抢注，韶关、清远、广州比潮汕更有资格。

说了这么多，只是想说，潮州菜的历史短得很，接近现在口味的传统潮州菜，形成于清末，兴盛于民国，1949年后几近失传，改革开放后才重新振兴。而口味和表现形式更国际化的现代潮菜，首创者是林自然大师，蔡昊将其发扬光大，张新民老师大力推广。现在更是后生可畏，各种门派各出奇招，北京、上海、杭州、深圳的高端现代潮菜纷纷涌现，潮州菜迎来百花齐放的繁荣局面。

吴系系列成长于汕头本土，将发展的眼光聚焦于深圳这座充满活力的城市，他们的探索，是潮菜未来发展的一部分。潮菜的历史不长，无须背负"正宗"的包袱，一路狂奔、一路总结，路子是对是错，市场会给出答案。

金不换象拔蚌

食在广舟

到上海参加凤凰网金梧桐年度美食盛典，我凭着粤菜美食随笔《粤食方知味》和公众号"辉尝好吃"一年一百多篇美食文章，获得了"年度美食作家"的殊荣。狗哥王振宇说物质奖励不能少，带我去蹭一顿在上海的顶级粤菜馆——广舟，主宾是粤菜南天王麦广帆先生、麦嫂虹姐、潮汕菜大咖张新民老师、美食活动家闫涛老师。作为蹭饭嘉宾，不用频频举杯，也不用努力地拣什么得体又好听的话说，躲在一边猛吃猛喝，其实舒服得很，怪不得清末有人赋打油诗曰："我不愿请人，也不要人请，但愿人请人，其中有个我。"广舟的老板乌永哲兄和总厨黄建宜师傅又是宴请又是作陪，热情得很。

广舟目前有两家店，正在筹建第三家店。我们去的是静安区巨鹿路店，一座三层大宅，昔年曾经是杜月笙四姨太的公馆，气派豪华自不必说，被人民政府接管后一直得到妥善的维护，旧上海大宅的大气与细致，依稀可以看见，雕花栏杆、玻璃花窗、弧形楼梯，有一种时间倒流的感觉。一楼宽敞明亮，整体设计为迎客大厅，二楼三楼的阳台，则留给客人作观景、抽烟之用，为了舒适不计成本，这种大气，在租金高昂的今天，已然是"奢华"。

这种大气与奢华，不仅表现在环境上，而且也贯穿在菜的出品上。八道冷菜是：养生九年老百合、湛江酱香马鲛鱼、五香酱烤油菜心、椒麻茴香头、糖醋脆皮玲珑肉、黑松露天目笋干、清远鸡汤松茸冻、冰梅温室小西红柿。虽说是冷菜，但选材考究、做法精细、味道可圈可点，没有一丝应付成分。传统的粤菜对冷菜并不看重，这是因为粤菜讲究火候和温度，文化上重视效率与实在。乌老板说，广舟虽然是粤菜馆，但上海消费者喜欢冷菜，他们也就在这方面下功夫。客人的消费习惯当然必须照顾到，入乡随俗，这与粤菜开放包容的精神不违背，这是我见过最丰富最好吃的粤菜馆冷菜。

冷菜已经如此大气奢华，主菜就更是不言而喻。白天鹅酒店玉堂春暖首创的在客人面前表演的玫瑰露酒吊烧叉烧，在这里换成了雪花牛肉叉烧，看起来不肥腻，均匀分布的脂肪给牛肉叉烧提供了鲜嫩和鲜香。如脸盆般大的瓦煲盛满了红烧大群翅，每人盛两大碗不知道能不能吃得完，红烧大群翅的味道和口感都无可挑剔。闻名沪上的两头南非鲍，溏心、Q弹、软糯、有鲍鱼味，确实很具冲击力，这是广舟的拳头产品，上菜前就给干鲍做了展示，用手电筒照射鲍鱼，让大家知道他们家的鲍鱼是溏心的，而不是用教育的语气科普溏心鲍鱼。这种做法既展示了自己的"货真"，又照顾到客人的面子，太高明了！据说广舟两家店每天可以售出一百只两头鲍，这让鲍鱼王子麦广帆也觉得不可思议，连连感叹"怪不得这些大鲍鱼这么难买到"。

大气和奢华并不就此打住，组合拳继续。每人一只蒜蓉开边蒸日本对虾，说是三两，我看应该有四两。东海的半野生大黄鱼——闽东壹鱼，在这里也有夸张的演绎，用脸盆般大的瓦煲焗，切块的黄鱼又拼成一整条排开，看着都豪华喜庆，下面垫上豆腐，既使黄鱼避开来自瓦煲的直接导热，保持黄鱼的鲜嫩，也使豆腐吸收了黄鱼释放出的部分氨基酸，鲜得很。客家纸包鸡也是置于一个大瓦煲上，给人大块吃肉的感觉，鸡是优质的清远走地鸡，客家盐焗的做法，咸香表达得淋漓尽致。与众不同的是，黄师傅用了喜马拉雅玫瑰盐，赋予了鸡肉清脆的口感和微酸的味道，很是特别，可惜前面几个菜把大家吃撑了，没多少人光顾这道菜。

精雕细琢是另一种奢华。脆瓜炒螺片，突出了清脆与香脆，这显示了粤菜小炒的功力。樟树港辣椒炒肉，只发挥辣椒的香而回避了辣椒的辣，黄师傅用一句"特殊手法"一言带过，大家也就心照不宣不再打探厨房的秘密了。青菜是极嫩的豆苗，用淡淡梅香咸鱼味增香，用头水紫菜增鲜，这是个脑洞大开的做法，好吃之余还打上广府菜的烙印。

大气、奢华、精细，这些都多少有点浮夸，吃饭嘛，还是要令人感觉肚子舒爽，广舟把这项任务给了主食和甜品。主食是面，鱼肉剔除鱼刺，只留鱼茸，面先由鸡汤蒸入味，再用猪油煮，仿如上海的烂糊面，吃到肚子里，那叫一个舒服。如果只吃一碗面，当然是选择筋道的面，但酒饱菜足时，筋道的面难消化，这种软绵绵的面，给人的感觉就是舒服，一碗面我居然全吃完了，连汁都不剩。甜品是陈皮红豆沙，这是广府菜的拿手好戏。极细腻的红豆沙是细熬慢煮的结果，陈皮的香味十分沉稳，年份也不会太少，但广舟很低调地标为"远年陈皮"，而不像某些店动辄说是三十年、五十年陈皮。陈皮这东西，根本无法考证是几年的，全靠商家良心，对年份不可考的东西，不往贵里说，这怎么可能？广舟不忽悠，靠味道俘获人心，难得！

改革开放初期，得益于濒临港澳，粤菜不论在食材上还是烹饪方法上都向港澳学习，可谓独领风骚。随着物流的发达，粤菜丧失了原有的食材优势，其他菜系也急起直追，形成了共同繁荣的局面。有人悲观地认为粤菜已经没落，尤其在粤菜的大本营广州，高端餐厅与北京、上海、深圳的高端餐厅都已经有了一些距离，粤菜式微似乎是一个不争的事实。

我并不赞同这些观点。一个菜系长期独占鳌头，这既不是好现象，也不是正常现象，菜系间不应该有鄙视链，希望粤菜总是高高在上，这种心理本身就不健康。随着经济的发展，各个菜系共同发展、异彩纷呈，这才是正常状态。广州的经济发展水平落后于北京、上海和深圳，高端餐厅比不上他们，这也正常，毕竟消费水平是与经济发展水平呈正相关的。再加上广东文化里过于务实的基因，不愿意为优质环境和服务买单，也确实限制了广州当地高端餐厅的发展。但是，不能因此得出"粤菜不行了""广州粤菜不行了"的结论，正确的结论是"大家都不错"！广舟也是粤菜馆，能在上海广受好评，这也证明粤菜并没有没落。

广州的高端粤菜也并没有所说的那么不堪。有水平的粤菜师傅，广州仍然是最多的，水平也是非常高的。之所以会给人家广州的高端餐厅比不上北上深的印象，主要是因为餐厅环境和服务环节上的差距，至于风味表现，广州高端餐厅毫不逊色。奢华的环境、细致的服务，这些都意味着成本的增加，能够省点钱，环境和服务差一点点，广州人不介意。再说了，广州城里硬件和服务与广舟可有一比的还是有的，比如瑰丽酒店的广御轩、好酒好蔡等，我们在做比较时，"恨铁不成钢"的着急心理往往容易让自己陷入"灯下黑"的境遇，这就不客观不全面了。

粤菜不仅仅是广州的，也不仅仅是广东的，它是全中国的，也是全世界的，看到各地都有很好的粤菜，或者其他菜系也有粤菜的元素，这更证明粤菜的无穷魅力。"风物长宜放眼量"，对粤菜，我们应有这个信心和胸怀。

秋天的约会

　　和小宽兄相约，参加一大口组织的金秋蟹宴，首场约会就在钟山风景区里的紫金山院，一个漂亮得"一塌糊涂"的院子，风景不必刻意寻找，而是唾手可得。这些都不是重点，重点是，这顿饭是王勇师傅做的！原来，杭州四季酒店金沙厅王勇师傅是紫金山院的顾问，这里的菜品设计由他操刀，也由他派出的厨师参与实际操作，这顿饭，吃到了与金沙厅不一样的美妙。

　　前菜三个，构成了第一篇——"秋韵"。

　　当季的芋头刨丝酥炸，客家菜的盐焗鸡切丝，与螺片、松露酱一起，这是谷氨酸与核苷酸的盛会，鲜与香交织，脆与柔缠绵，仅有两三口，意犹未尽。

　　舟山特产蟹糊，将带膏梭子蟹去壳清洗干净，改刀成小块，斩压成糊，加姜、盐、糖、料酒等调料拌匀，再过 24 小时，蟹里的蛋白酶把螃蟹的蛋白质分解成呈鲜味的氨基酸。当季的秋茄，纤维尚幼，食来无渣，经过炭烤，原本膨松的结构崩塌，与蟹糊一搅拌，携带着大量氨基酸的蟹糊迅速填补了秋茄的空隙，真的鲜了骨髓。

在上海崇明岛上，有一种类似南瓜的金瓜，成熟后呈金黄色，表皮坚硬，不能直接食用，更没有甜味，奇特之处在于其瓜肉煮过并搅拌后，自然形成晶莹透明的黄色细丝，鲜嫩清香，松脆爽口，素有"植物海蜇"之美誉。带膏的小管，虽然离水就死了，但其随之而来的自溶反应，也为它带来丰腴软糯的口感。小管当然是越新鲜越好，在远离大海的南京，王勇师傅很聪明地用了川式的红油，麻辣既刺激了味蕾，也让人忽略了新鲜。

这三个前菜，是季节与客人打招呼，也是山与海的对话。优秀的前菜，可以唤起食欲，是主菜上桌前迫不及待想喝酒的人的下酒菜。营养过剩的年代，前菜应该浅尝辄止，量不能多，更不能喧宾夺主。这三个前菜，不论是味道，还是分量，都出色地完成了任务。

汤是莲子鸡头米淮扬鸡孚汤，取雅名"秋岚"，为宴席的第二篇。

"岚"，意指山林的雾气，将这顿秋宴汤品取名"秋岚"的是诗人出身的小宽兄，灵感估计来自白居易的"未夜青岚入，先秋白露团"。这个汤，倒是很有诗中的意境：当莲子和鸡头米出现在餐桌，江南的秋天，也已悄然而至。鸡孚是南京的名菜，与四川名菜鸡豆花一样，是古人的分子料理：将鸡胸肉剁成细茸，将鸡蛋清打成蛋泡糊，白泡沫似雪花，筷子直立其中而不倒；鸡胸肉茸包上蟹粉，外面裹上蛋泡糊，加热凝固，由于大量空气包在里面，轻盈得仿如棉花团，浮在用火腿和老鸡熬成的高汤上面，颇具诗情画意。金陵国学大师、王起先生的老师胡小石生前最爱鸡孚，说它"鸡香肉鲜质酥烂，清汤味醇色洁白"。王勇师傅给鸡孚配上莲子和鸡头米，这个菜，是南京的菜，又是秋天的菜。

宴席的第三篇"秋华"，确实够豪华。

前两天刚在杭州柏悦酒店吃了蟹酿橙，王勇师傅又让我们在紫金山院吃到了完全不一样的"山院蟹酿橙"：不用橙子，而是用鸡蛋和鱼茸做成一个"橙子"，中间有蟹酿橙。这个造型，着实让人惊叹。可惜的是作为主角的蟹酿橙少了，主角变成了配角，不过用鸡蛋和鱼茸做成的"橙子"，王勇师傅用低温浸熟，很是滑嫩。

陈年菜脯年糕煮白鲳鱼，这是潮汕味道与浙江味道的碰撞，潮州菜用菜脯煮鱼，菜脯不仅给鱼带来咸味，丰富的多酚类物质还带来了复杂的香味。浙菜用年糕家烧鲳鱼，年糕分解出来的支链淀粉形成一层层网络，将鲳鱼的香味物质罩住，这些香味物质无处可逃，所以吃起来特别香。美中不足的是鲳鱼还是有点腥，没办法，南京离大海还是远了点，原本带来鲜味和甜味的氧化三甲胺变成了三甲胺，产生了腥味。如果烧煮的时候加点醋，醋提供一个氢离子给三甲胺，产生正电荷，与水结合，产生腥味的三甲胺就不会被我们闻到了。

发酵西红柿酸汤澳洲和牛异常出彩，这是贵州味道对澳洲味道的改造，肥嫩的澳洲和牛给我们带来香和嫩，同时也带来肥和腻，王勇师傅用西红柿酸汤去肥去腻，绝妙之至：酸汤的氢离子让口腔分泌大量唾液，把停留在口腔的脂肪赶下去，这就是我们经常说的"解腻"！

三个前菜，一汤三主菜，这个量把控得十分克制，这个时候可以让主食登场了。板栗是秋天的应季果实，板栗饭已经十分迷人，用东海黄鱼和葱烧的花胶粒一拌，这叫迷死个人！饭里伴着饭焦，咀嚼延长了美味在口腔里停留的时间，也就延长了美味。这个饭的味道足够浓厚，不会因为时间的延长而变淡，只会让你咽下一口还想再来一口，可惜碗里已经见底。这种意犹未尽，居然发生在吃了主食之后，小宽给它命名为"秋思"，太恰当了。何止秋思，这种美好，足以让我用一辈子的时间来思念。

甜品是花生雪糕和燕窝，估计女士们会喜欢，我倒是喜欢那一小口梨汤，清润不张扬，用它给一顿宴会画个休止符，再合适不过。

一年多不见王勇师傅，发现王勇师傅变得隐忍了许多，是不是来到了南京，学会了淮扬菜的精雕细琢？尽管不是大开大合，却是拳拳要命，对季节的把握，又稳又准。南京，因为有了紫金山院，有了王勇师傅，美食的地位，足可骄傲起来。

杭州柏悦酒店的蟹酿橙

陈晓卿老师的美食纪录片《风味人间》第二季，说到董顺翔师傅复制了宋朝的味道蟹酿橙，看得我口水直流，可惜一直未能品尝到。这次来杭州柏悦酒店，参加2021凤凰网美食盛典金梧桐江浙餐厅指南发布暨颁奖晚宴，宴席上居然上了蟹酿橙，真是喜从天降，得偿所愿。味道怎么样？真好吃！

这是个咸、鲜、甜、酸平衡呈现的精致菜，充分体现了江南菜的风味。请教了酒店总经理 Peter 周，具体做法是：选用三两的阳澄湖大闸蟹，蒸熟后取肉和蟹黄备用，蟹壳熬制蟹油；选用300克以上的橙子挖空，取橙肉和汁水备用；黄鱼腌制后蒸熟，取肉待用；起锅下蟹油，姜末炒香，下蟹黄、蟹肉、黄酒和米醋炒香，放入橙汁和橙肉，少许高汤，用盐、白糖、米醋调味，收浓勾芡，加入黄鱼肉拌均匀，淋入少许蟹油；将炒好的料放入橙子中，然后加入20年意大利黑醋，加盖，包上干菊花和玻璃纸蒸制30分钟即可。

汪朗先生说，世间有两种食物不用任何作料也很好吃，一个是韭菜，一个是大闸蟹。这个观点我是赞同的，大闸蟹的鲜和香，不需要配角就可以独自将味觉盛宴完美演绎，但这并不等于大闸蟹排斥与其他食物和作料的配合，比如这道蟹酿橙，橙与蟹肉就是一种绝配。首先，橙能去除大闸蟹的腥味。蟹的腥味来自三甲胺和二甲胺，另外，不新鲜的腐败味道也会强化腥味，二甲胺还有氨水味。橙子的果酸提供氢原子给三甲胺和二甲胺，使它们产生正电荷，它们与水及其他分子结合，散发不出来，我们就闻不到腥味了。大闸蟹直接或间接地从蓝绿藻中摄取土味素，蓄积在体内，所以也有点土腥味，酸能分解土味素，所以可以去土腥味。其次，橙子的甜与蟹肉的鲜互相衬托，相得益彰。蟹肉的鲜味来自氨基酸，同时，蟹肉含有甜菜碱，所以有甜的味道，橙汁的参与，使橙汁里的果糖和葡萄糖强化了蟹肉的甜味，这是给蟹肉做加法。蟹肉的蛋白质与橙汁的果酸结合，还会使蛋白质变性，蛋白质从混浊变得透明，产生新的香味、鲜味分子，颜色也变得晶莹剔透，楚楚动人。蟹黄富含脂肪，加了酒和醋，产生脂化反应，吃起来更香。橙汁的酸，也平衡了蟹肉的鲜和橙汁的甜，加上橙子皮少许的苦，使得这个菜不油不腻，味道更加平衡……

蟹酿橙，这是宋朝的味道。南宋周密在《武林旧事》卷九《高宗幸张府节次略》中记载，绍兴二十一年（1151），张俊在府邸宴请宋高宗和秦桧等官员，在下酒十五盏中第八盏有"螃蟹酿枨"，这个"枨"，其实就是橙。这是蟹酿橙的最早记录，但周密没有留下具体做法。倒是南宋的林洪，在《山家清供》中详细地记录了当时的做法：

> 橙用黄熟大者，截顶，剜去穰，留少液。以蟹膏肉实其内，仍以带枝顶覆之，入小甑，用酒、醋、水蒸熟。用醋、盐供食，香而鲜，使人有新酒、菊花、香橙、螃蟹之兴。

用现在的话说，大意是：把黄熟个儿大的橙子切去顶，剜去瓤，稍留点汁液；用蟹膏肉填满橙中，仍用带枝顶盖覆盖上；放入甑里，用酒、醋、水蒸熟；用醋、盐蘸食，香而鲜，使人有新酒、菊花、香橙、螃蟹之雅兴。

味道怎么样？林洪引用了他的恩师危稹吃过螃蟹后的评价："黄中通理，美在其中，畅于四肢，美之至也。"此句原出自《易经》，原文是"君子黄中通理，正位居体，美在其中，而畅于四肢，发于事业，美之至也"。讲做人摆正自己的位置，恪守自己的职责，天地之气自然充盈在周身四肢之中，每一个毛孔都舒畅万分，做人做事都美好到极点。危稹这人很有意思，他是南宋很有名的文学家，《宋史》说他"淳熙十四年举进士，孝宗更名稹。时洪迈得稹文，为之赏激。调南康军教授"，连写下《容斋随笔》的大学问家洪迈都对他的文章赏激不已。危稹曾出知潮州，后又知漳州，在漳州时，"郡有临漳台，据溪山最胜处，作龙江书院其上。既成，横经自讲，人用歆动"。他在漳州大兴教育，开办龙江书院，自己还亲自给学生上课。林洪就是在龙江书院读的书，危稹是他的恩师。危稹吃螃蟹，吃到核心的蟹黄、蟹肉，以及周边的蟹腿时，把《周易》的这段文字搬了过来，看来，危稹不仅学问做得好，还是个吃货，活学活用，不错不错！

别看以橙入菜现在很少见，但其实橙在宋以前已经作为调味料，普遍得很。《太平御览》卷九七一引汉代的《风俗通义》："橙皮可为酱齑。"这个"齑"[jī]，指的是"汁、粉、碎"。到了唐代，橙作为调料的记载就多了起来。韩愈到了广东，面对各种没见过的食物，他唯有硬着头皮吃，"调以咸与酸，芼以椒与橙"；王昌龄有"青鱼雪落鲙橙齑"；孟郊有"灵味荐鲂瓣，金花屑橙齑"，这些都是海鲜河鲜与橙的搭配。宋代这种记载就更多了，南宋的市井百科全书《锦绣万花谷》就有："南人鱼鲙，以细缕金橙拌之，号为金齑玉鲙。"这不就是橙皮丝拌生鱼片嘛！

但这些都还没用到蟹的身上，被运用到蟹上，看来是被逼出来的：北宋灭亡，被逼南渡，来到盛产蟹和橙的江南，这样的组合，顺理成章。南宋高似孙（号疏寮）著有一部专门介绍蟹的书叫《蟹略》，里面有"蟹齑"一段，讲"吴人齑橙，全济蟹胜。韩昌黎诗'芼以椒与橙'，腥臊姑越者也……疏寮诗'笋早趋禽腹，橙香适蟹齑'，又诗'莼逢鲈始服，橙入蟹偏香'"。说的是用橙会使蟹的风味更佳。"黄太史赋云：'蟹微生而带糟。'今人以蟹沃之盐、酒，和以姜、橙，是谓蟹生，亦曰洗手蟹。"这是腌蟹，用到了橙，但远没有蟹酿橙这么精致。

从蟹酿橙的形成看，食材的运用，受其出产广泛性的限制，人们对它们的认识也有个逐步深入的过程。今天我们吃的橙，也是在古代橙的基础上由科学家们不断改良的品种，味道更佳。对照林洪所描述的方法，现在的蟹酿橙的做法，其实更丰富、更复杂，也更精致：黄鱼和高汤的加入，把螃蟹的鲜更提高了一个层次，意大利黑醋也提供了更为浓郁和沉稳的香味，这种在古法制作上的大胆突破，终于造就了美味。

时代在进步，美食也是如此，我们今天的美食，一定比古人的更加精彩。

杭州的自然味道

两个月前，老婆大人就安排了这次感恩节的假期活动——我们一家四口加上阿姨，与师弟龙原一家三口，到杭州度假。

印象中的杭州，就是人头攒动的西湖和西溪湿地，但这次住的却是湘湖，一个比西湖还大的景区。杭州的风景美不胜收，随便一隅，都是一景，而最令我们舒心的，是入住湘湖边的森泊酒店，它简直就是一个室内游乐场，每天把小朋友往各个游乐场一扔，她们欢乐无比，我们也长舒了一口气。天底下，最开心的是逗小朋友一阵子，最艰难的是长时间的陪伴，这个酒店，让大人彻底解放，服务还周到体贴。

印象中的杭州味道，是四季酒店金沙厅王勇师傅的豪华盛宴，是解香楼俞斌师傅的精雕细琢，是江南渔哥蔡哥的重锤暴击，这几个餐厅，当然都在本次行程之列。但中午刚到杭州，晚上到江南渔哥与蔡哥畅饮，已经收到发现有新冠疫情的消息，预订的金沙厅和计划中的解香楼就在被封小区所在的西湖区，网约车都拒绝接单，说过去会"黄码加身"。也是，吃个饭吃到被隔离，这也太不值了。蔡哥说，哪儿都别去，酒店所在的湘湖，附近十几个餐厅都是跨湖楼集团孙总的，轮着吃都要半个月才吃得完，热情的孙叶江兄，让你无法拒绝。这一无法拒绝，却也尝到了杭州的自然味道。

如果说川渝地区的腊味突出的麻香是粗犷的，湖南的腊味突出的烟熏味是厚重的，广式的腊味突出的酒香和甜蜜是浓烈的，那么，杭州的腊味就是略施脂粉的婉约温顺。钱塘江的白鱼，只需暴腌几个小时，其他交给尚且还不凛冽的北风和时间。水分降到35%以下，这个环境已让很多霉菌无法生存，所以不会腐败变臭，但白鱼的内部却在发生着一场美味的转化，大量的蛋白酶将白鱼的蛋白质分解为鲜味的氨基酸，只要上锅一蒸，那种鲜，是新鲜白鱼的几十倍。猪耳朵、五花肉、鸭子，只需抹上酱油，酱香和酱油丰富的游离氨基酸深入肉中，时间让肉里的氨基酸与酱油的氨基酸抱团，这种鲜，是"济济一堂"，又是清清楚楚，没有太多的杂味，却也突出了本味，仅略施粉黛，便让人欲罢不能。跨湖楼的腊味，都是自家晒的，环湖的十几家酒楼码头，就是最好的晾晒基地，看着这些腊味，仿如置身于"酒池肉林"，过年的时间，阳台上挂上几条腊白鱼、酱鸭酱肉什么的，这才叫喜庆。有了，今年过年送给朋友们的礼物，就是它们了。

小野鸭炖金华火腿，揭开炖盅的那一瞬间，金华火腿的浓香扑面而来，跟着的那一股清香，就是野鸭独特的香味。汤的鲜，浓郁到不适合当汤喝，配的一盅蒸饭，就是用来与汤搭配当泡饭吃的。野鸭是江南湖广的特产，王勃说"落霞与孤鹜齐飞，秋水共长天一色"，其中的"鹜"就是野鸭。在"野生"深受追捧的今天，野鸭早成了奇货，倒是在杭州可以吃到，足见叶江兄的用心。金华火腿是浙菜的灵魂，用来炖汤，肉汁析出，肉味、坚果味、香草味、花香味都跑到汤里，这种浓郁，任何高汤都无法做到。

全国有多少个地方菜，就有多少种红烧肉，而杭州敢将红烧肉称为"东坡肉"，除了这个城市与苏东坡关系密切，就是做法上遵循苏东坡《猪肉颂》的方法，少水慢火够时间。跨湖楼在东坡肉里加了一只鸡，取名"东坡鸡"，这就照顾到部分不喜欢肥肉的人，做到各取所需。东坡鸡或东坡肉之所以好吃，是因为想办法把肉味留住了。怎么留？大吃货袁枚在《随园食单》里不厌其烦地说出了门道：戒走油。"凡鱼、肉、鸡、鸭，虽极肥之物，总要使其油在肉中，不落汤中，其味方存而不散。若肉中之油，半落汤中，则汤中之味，反在肉外矣。"不走油是为了不走味。如何留住油？"少着水、慢着火，火候到时它自美"，有这份慢工出细活儿的耐心，方能做出杭州的味道，而不急不躁，也是这座城市的性格。他们用一千多年的时间，围着西湖精雕细琢，如今又在打磨湘湖，丝毫没有看出他们"毕其功于一役"，尽快完成的意思。

萝卜干、笋片、青豆、清水，居然做出一锅一清二白、清鲜绝伦的汤水来。当地当天的鞭笋，鲜得冒出泥土气息，挟带而来的天门冬氨酸，鲜得清脆。萝卜干是当地负有盛名的萧山萝卜干，色泽黄亮，条形均匀，肉质厚实，香气浓郁，咸甜适宜，脆嫩爽口，味道鲜美，享有"色、香、甜、脆、鲜"五绝。与我老家潮汕的萝卜干相比，萧山萝卜干突出了甜和脆，这是时间和繁杂工序赋予的味道。将像梨一样大小的"一刀种"萝卜清洗干净，切成宽一厘米左右的萝卜条，再经过"三晒两腌"。切条的萝卜，不能放盐腌制，而是直接晾晒，每天翻三次，靠风来脱水。经过3—5天后，把晾晒好的萝卜条撒盐并用打磨棒压实，放进坛子里。第一次按每百斤的白条萝卜加盐三斤的比例，拌匀揉透，分批入缸。装缸时，放一层，压一层，逐层压实。经过三天，出缸再次晒两三天。而后再进行第二次腌制，以每百斤萝卜加盐一斤半的比例，再拌匀揉透，仍分批入缸，腌制七天左右，即可出缸。这种复杂工艺制成的风脱水萝卜干，还要再装进陶坛里，让其自然发酵，静待一年后，萝卜干的颜色变黄，香气产生，此时的萝卜干，清新鲜甜，再放置两三年，萝卜干颜色半黄半黑，香气浓郁。这是杭州的味道，也是时间的味道，杭州人愿意花这个时间，只为心中的美味。

走出跨湖酒楼，路边掉落的银杏叶已让一地金黄，秋风让叶绿素减弱，叶黄素脱颖而出，绿叶换了黄装，大自然的鬼斧神工，装扮着这个四季分明的城市。跨湖楼乡土气息的美味，不正是大自然的馈赠吗？而大自然四季轮回，按照它的规律运转，却不是急得来的。杭州的味道，正是顺其自然，以足够的耐心，静待悠悠岁月，不急不躁，美味也就如期而至。

我想，我是喜欢上这座城市了。

朗泮轩蟹会

曾经担任美国驻中国大使官邸行政总厨的罗朗先生，操着一口流利的中文，做得一手好吃的中餐。这位热爱中国文化、对中国美食文化有着深刻理解的美国人，把他自己的餐厅开在广州荔湾沙面北街73号，取名朗泮轩。

这是一幢百年老建筑，曾是国民政府广播事业管理处的老办公楼，新中国成立后一度是广州电台的办公室，现在做了一个广播博物馆，顶楼的阳台，就是朗泮轩。罗朗把朗泮轩打扮得古色古香，入门大堂，是一个如中药铺的茶馆，陈列存放着他从全国各地搜罗来的茶叶，这个地方，也是品下午茶的绝佳去处。三个大小不一的房间，可供五十多人用餐，这估计已经是罗朗目前能服务人数的天花板了。所有的菜都是罗朗自己动手，只有一位助手；一顿饭，罗朗需要一周左右的时间来准备。天台处，罗朗还辟出了一块菜地，做菜要用到的一些香料、花卉，就产自这一小块沃土。酷爱中华料理的罗朗，还在这里酿酒、做泡菜，而所有的老家具和餐具，也都是罗朗淘来的，客人就餐时所用到的茶杯、碗、碟，可能出自明朝，也可能出自清朝，这是在与历史对话。

罗朗的菜，以中国二十四节气为主题，一个节气一个菜单，真正做到"不时不食"。当晚的菜单，以"立冬"为主题，都是当季食物，比如螃蟹，除了有林洪在《山家清供》提到的"蟹酿橙"，居然还有"蟹会"！起锅烧油，放入切碎的干葱爆香，将清洗干净的花蛤放进去，待花蛤壳张开，汁水流出时加入一勺绍兴酒，盖上盖子，让蒸汽给花蛤加热7—8分钟后熄火，待冷却后手工取出蛤肉备用；将贝壳扔回锅中，加水，连同花蛤汁加盖煮30分钟，滤出高汤；将蟹蒸熟，取出蟹肉备用，以同样方式用蟹壳熬出高汤；花蛤壳高汤和蟹壳高汤按1∶1比例放入米中，熬制成粥。粥熬好后，加入细葱碎和新鲜蟹肉制成米脯羹；取出的蛤蜊肉在贝壳内陈列出漂亮的扇形；下方放置海盐，加入新鲜莳萝叶和莳萝油，再配以葱花饼。一碗蟹肉米脯羹、一扇花蛤肉、一团葱花饼，三者一起就是"蟹会"。吃的时候将贝壳里所有的东西倒进米脯羹，搅拌均匀后就可以吃了。这个菜，鲜得令人惊叹，近似于香芹味道的莳萝，有着更强烈的清凉味，温和而不刺激，味道辛香甘甜，盖住了花蛤和螃蟹的腥味，又不夺它们的鲜味，给这道菜画龙点睛，十分出彩。

罗朗给这道菜做了一张精致的卡片，写下了这么一段文字：明末清初，社会更迭，社会阶层发生了改变，涌现出不少挥金如土的"暴发户"，在世俗眼中，这是一群只懂花钱却不懂分辨事物好坏的无知之徒，毫无尊贵可言。出自书香门第的张岱，家中财力雄厚，生活主要就是吃喝玩乐，到处游玩，并顺便写写文章。像张岱这类的传统贵族，几乎都是美食家，不仅能吃得起山珍海味，也有一套吃法的讲究及评判食物优劣的标准，他们认为这才是真正懂生活。张岱有许多文章流传于世，在他四十多岁时，经历了朝代的更迭，笔下的内容也在变。他曾在文章中记载深秋时节蟹的鲜美肥嫩，又不禁因生活过于奢靡发出"酒醉饭饱，惭愧惭愧"的感慨。

原来，罗朗这道菜，创作灵感来自张岱的"蟹会"。张岱是明清之际的史学家、文学家，浙江绍兴人，祖籍四川绵竹，故又自称"蜀人"。张岱出身仕宦家庭，祖上四代为官，高祖父张元忭是明隆庆五年（1571）的状元，也是王阳明的再传弟子，家声显赫。张岱生来如众星拱月，锦衣玉食，数十号奴仆围着他转，紧张地盯着他的表情，"喜则各欣然，怒则长戚戚"。他太会玩，也太会写，既有纨绔子弟的奢豪之举，也有晚明名士文人的狂狷之性。但是，你还不得不佩服这个张岱，经史子集，无不通晓；天文地理，靡不涉猎。他在《自为墓志铭》中列出著作十五种，之后还有诗集、文集、杂剧、传奇等作品。其中《夜航船》一书，有如百科全书，包罗万象，共计二十大类，四千多条目。他的著述之丰、用力之勤，令人惊叹不已，这也使得他与一般纨绔、风流名士彻底区别开来。他不仅是大散文家、大诗人、小品圣手，还是顶级的美食家，他在《陶庵梦忆》中有一篇《蟹会》，这样描述：

　　食品不加盐醋而五味全者，为蚶，为河蟹。河蟹至十月与稻粱俱肥，壳如盘大、坟起，而紫螯巨如拳，小脚肉出，油油如蝤蛑（即为蛑）。掀其壳，膏腻堆积，如玉脂珀屑，团结不散，甘腴虽八珍不及。一到十月，余与友人兄弟辈立蟹会，期于午后至，煮蟹食之，人六只，恐冷腥，迭番煮之。从以肥腊鸭、牛乳酪。醉蚶如琥珀，以鸭汁煮，白菜如玉版。果蓏以谢橘、以风栗、以风菱。饮以玉壶冰，蔬以兵坑笋，饭以新余杭白，漱以兰雪茶。緣（同由）今思之，真如天厨仙供！酒醉饭饱，惭愧惭愧。

这段文字不难理解，首先蟹的品质得有保证，数量也不能少，一人六只，怕冷腥必须分批煮。单吃蟹那是不行的，必须搭配肥腊鸭和牛乳酪，饮料要上玉壶冰，蔬菜必须是兵坑笋，米饭佐以新余杭白，最后用兰雪茶漱口。张岱写下这段文字时，明朝已经灭亡，他舍弃故园，带着残稿，携着破琴残砚，带着孩子，披发遁入深山，自当野人，过上了颠沛流离、衣食无着的遗民生活，这段回忆文章，估计是在望梅止渴。他享受了繁华，也阅尽了苍凉，在恶劣的环境下写出巨著《石匮书》，时人评价："当今史学，无逾陶庵。"对旧时奢华生活，张岱终归过意不去，所以最后写了"惭愧惭愧"！

罗朗懂张岱，这个菜以"蟹会"命名，而且，就依张岱的说法，"食品不加盐醋而五味全者，为蚶，为河蟹"，来了个蚶和蟹的组合；而且，把香料之王莳萝加了进来，一点都不唐突。这个号称洋茴香的香料，在张岱之前就被广泛运用。晋代裴渊在记录广州特色的《广州记》说莳萝"生波斯国。马芹子色黑而重，莳萝子色褐而轻，以此为别。善滋食味，多食无损"。南宋林洪在《山家清供》的一百零四道菜谱里，记录了两道应用莳萝的菜：玉灌肺和满山香。可以说，中餐用莳萝调味，历史悠久，可惜我们现在很少用到莳萝。罗朗这个美国人，比我们还懂中国。

吃罗朗的菜，不仅仅是在与食物对话，更是与历史对话，与文化对话。美食的鉴赏，我们常说的"色、香、味俱佳"，只是视觉、嗅觉、味觉的体验；罗朗把美食直接拉进历史，装上文化，这样的一顿盛宴，已不是单纯的传统美食欣赏，需要静下心来，听听罗朗的絮叨，细细回味。

罗朗的其他菜，也如"蟹会"，背后有他的创作逻辑和故事。感谢罗朗，让中华美食得以更广泛传播。

网红打卡店千鸟

　　"无鸡不成宴"的广州，白切鸡、豉油鸡、盐焗鸡、水蒸鸡、烤鸡、柱侯鸡、炒鸡，"花样百出"，琳琅满目，鸡的人均消费绝对冠绝全球。最近又冒出个网红打卡点"千鸟"日式烤鸡店，吃顿烤鸡人均消费一千，又为"鸡城"添上浓墨重彩的一笔。

　　鸡的日语为"にわとり"，发音是"niwatori"。烤鸡，日本人就写为"焼き鳥"。这个"鳥"字，在汉语里泛指飞禽，而日本一般指食用鸡肉。鸭和鹅在日本古时只用于观赏，鸟肉在日本就变成了鸡肉的特指名词。日本街头大大小小的烤鸡店不计其数，而且从选肉、串法、蘸料到烤制技巧都极其讲究，一些烤鸡店甚至入选米其林星级餐厅。广州餐饮界年轻才俊威少留学日本多年，将日式烤鸡带到广州，不到一个月，就成为网红打卡地。撩开两片红布，推开一扇木门，里面就是一个十几个座位的吧台，一晚做三轮，一位难求，既丰富了广州的餐饮，也充实了威少的钱包，吃得高兴，赚得开心，双赢！

与潮汕人将牛肉分割为不同部位类似，鸡也被日本人精细地分割，不同部位做成不同的串。除了常见的鸡胸、鸡腿、鸡翅、鸡肝、鸡冠、银皮（鸡胗表皮）、鸡袖（鸡翅与鸡胸相连的部位）、鸡白（鸡的睾丸），鸡屁股也会被专门分割，据说有四十几个之多。根据各个部位的肉质不同，火候的掌握也各异，有的要半生，有的要烤透。根据各个部位的味道差异，还用不同的烤酱。烧鸟根据酱料不同主要分为盐烤和酱烤两种，盐烤即用盐做调料，或者用七味粉；酱烤则是指用清酒、味醂（将烧酒、米曲及糯米混合，使之发生糖化作用，再经过滤制成的甜酒）、酱油、砂糖、葱、鸡油等调制出的酱汁来烧烤。盐烤能充分体现鸡肉本身的新鲜品质和原汁原味，适用于烤鸡肉。至于酱烤，则能够较好地掩盖鸡心、鸡胗等内脏的腥味，喜欢重口味的，也会喜欢这个味道。在日本的烧烤匠人中流传着这样一句话："穿串三年、烤串一生。"要把食材烤制得恰到好处，必须要对各种食材都有深入的了解，并且要经过长时间的实践，这些都离不开一颗精益求精的匠心。

因为是城中大众点评头评名人桶哥请客，客随主便，桶哥点什么我们吃什么。有几个部位给我留下深刻印象。烤鸡胸肉，鸡的胸部平时少运动，肌肉含肌动蛋白，没什么脂肪，肉质十分柔嫩，火候掌握得恰到好处，外部微微焦灼，具有浓郁的炭烤风味，边角处有微微的脆感，内部则半熟多汁，鲜嫩如鱼，这个内外充满矛盾的口感，着实销魂。鸡颈肉是鸡脖子周边的肉，这部分的肌肉经常转动，富含肌凝蛋白和胶原蛋白，有少量的结缔组织，因此肉质更加结实，富有弹性，嚼劲十足，浓郁的炭烤风味，入口焦香四溢，口感层次非常丰富。烤鸡翅，选用翅中翼，菜单叫手羽中，这是最考验师傅功力的一道菜式，要求烤去鸡翅表皮多余脂肪，但要保留浓烈香气，中间部分鸡肉必须依然鲜嫩，在入口的一瞬间，表皮的脆与中间嫩肉的嫩在口中融为一体，这个部位烤得略有遗憾，鸡皮烤得过了，带着碳化后的苦味。提灯，由鸡肠和母鸡体内没有成熟的鸡蛋黄组成，连在一起串起来，像提着一盏灯，因此得名。提灯的口感很是劲爆，因为它只将鸡蛋黄的表面烤熟，里面却只是半熟，吃到嘴里瞬间爆浆，迸发出的浓郁口感，让人欲罢不能。烤鸡肝的火候非常完美，标准的三分熟，撒上自制的贵州辣椒粉，表面无焦，内部无血水，受热非常均匀，如果冻般嫩滑的口感，与味蕾缠绵，难舍难分，表现出来的就是香而细腻，久久不肯散去……

　　各个国家烹饪方法都有其独特之处，烧烤这种方法，几乎是所有国家都有。我们的北京烤鸭、广东烧鹅，也很用心，但似日本人这般精细的，确实没有。这是为什么呢？我想这可从美食家魏水华先生最近的文章《为什么今天的清明团子，越来越像日本和菓子？》里找到答案。他认为，追求细致的工艺、精美的外观、珍馐的食材，是古代中国上层阶级的专享；平民的饮食，讲究的则是顺手拈来的搭配、丰富多层次的调味和物尽其用的智慧。日本在隋唐时派了遣隋使和遣唐使到中国学习中国文化，来自日本的使者们误以为大唐宫廷热情接待、悉心教导的一切，就代表了整个唐帝国的水平。最终，大唐的宫廷点心被带回日本，并被总结做法、写入典籍、自上而下地推广，成为众所周知的唐果子。唐宋以前古典中式点心优雅、细腻、精致的一面，由此成了墙内开花墙外香的传奇。日本从中国学到了精细的一面，精益求精的匠人精神在日本随处可见。

幸好，经济的发展，让精致美食有了市场，日式的精致也进入中式美食，只是我们消费者要付出高昂的代价。烧鸟的鸡，要求不会太高，成本可控得很，即便是在日本，所谓"地鸡"，根据日本《农林物资规格化和质量表示标准法规》(简称 JAS 法) 规定：日本地鸡必须拥有不得低于 50% 的日本鸡血统，饲养周期必须超过 80 天，且必须是"平地养殖"，不是关在鸡笼里工业化养殖的，要求每平方米土地只能放养不超过 10 只鸡。倒是对炭的要求有点高，燃点要够高，而且要少烟甚至无烟，毕竟，烧烤产生的苯并芘是公认的一类致癌物，但在千鸟，闻不到烟味，只有炭火特有的香味，威少在木炭的选择和抽油烟设备的投入上，还是很认真和舍得的。

一脸憨厚的老板威少，认真地坐在吧台的转角位，为我们解答烧鸟的各种疑问，结账时，慷慨地打了个八八折，一算下来，人均消费 880 元，不打折就是 1000元。终于明白了为什么店名为"千鸟"：这种在日本极为廉价的平民美食，在广州，需要人均消费 1000 元才能吃到！

广州遇上荔雅图

　　闫涛老师组局，来到正佳万豪酒店楼下的荔雅图餐厅，品尝 Alan 的法餐。

　　西餐正式开始前，按惯例上了面包，我想这是为了填补上菜前的空档，同时也让胃里塞进一块海绵，为待会儿的酒做好吸纳准备，慢慢释放出来，让肝脏分解，这才不容易醉。类似的做法，如一些潮汕菜餐厅会在餐前上一碗粿汁。顺便说一下，这餐厅的面包极好！

Li Chateau

面包

餐前小吃共三款：法国生蚝鱼子酱、龙虾蒸蛋花菜慕斯、黑松露蘑菇吐司。极佳的法国生蚝，自带海洋的味道，还有奶油、金属味，鱼子酱又给生蚝带来咸鲜味，这个法式"深吻"很具冲击力。生蚝上面的一层绿色，是一层绿色明胶，纯粹是为了视觉效果，一小串海葡萄，更加赏心悦目。龙虾蒸蛋花菜慕斯，把龙虾的鲜融进了蛋里，慕斯不一定是甜品，慕斯粉这种冻胶原料，起到凝固作用，既用一张由淀粉糊化构成的网罩住芳香物质，不让它挥发，又令食物有绵软的口感，这种口感是什么体验呢？想想接吻吧，这就是所谓法式浪漫！非常喜欢黑松露蘑菇吐司，用四川的黑松露和蘑菇磨成的酱，同时具备黑松露的特殊浓香和蘑菇的鲜，烤得略焦的面包夹在一起，很适合配酒。美中不足的是黑松露蘑菇酱里有两小颗沙，这应该是加工黑松露时的遗漏，但味道实在太好，不舍得吐出来，就用一口白葡萄酒为它"送行"吧。再顺便说一句，吐司就是方面包，toast，粤语音译为"多士"，相比之下，"吐司"这译法真不合适，毕竟在餐桌上，见到"吐"字，叫人有些倒胃口。

法国生蚝鱼子酱、龙虾蒸蛋花菜慕斯、黑松露蘑菇吐司

主菜共六道：烟熏鳗鱼鹅肝蟹肉慕斯、马赛海鲜汤、东星斑松露洋葱汁、波士顿龙虾卷配西班牙藏红花甜椒汁、新西兰鹿肉和伊比利亚火腿自制千层面。

鳗鱼浓郁的烟熏味，就如柴火饭的香，喜欢烟熏味，就是喜欢人间烟火。不用担心烟熏食品的安全问题，烟熏会产生多环芳烃，其中的苯并芘是一类致癌物，荔雅图用的是液态烟熏液，已经把这致命的东西清除，只留下香味。蟹肉的鲜在鳗鱼和鹅肝的香之后，尤其清新脱俗，吃这道菜，顺序很重要。

烟熏鳗鱼鹅肝蟹肉慕斯

传统的马赛海鲜汤用的是各种贝类，这里用的是本地象拔蚌，但汤仍然是用带壳的贝类熬制出来的，浓鲜依旧，格调更高。马赛的海鲜汤，以鲜著称，名扬全球，秘诀就是用贝壳熬煮汤。与其他海鲜不同，贝壳为了平衡海水的咸度，只靠氨基酸，其氨基酸含量比鱼高出很多，鲜味由氨基酸提供，用贝壳类海鲜熬汤，因而极鲜。但贝壳端上来有点档次不够，荔雅图只取其味，再加象拔蚌，聪明得很！

马赛海鲜汤

东星斑松露洋葱汁

　　新鲜的东星斑，由极浓的肉汁和洋葱熬煮出来的酱汁调味，浓淡取决于蘸取酱汁的分量，完全自己做主。旁边的几片茭白，用极浓的黑松露调味，也是清与浓的对比。

用波士顿龙虾卷着带子，这是极好的创意，带子的嫩与鲜弥补了龙虾肉质粗糙和口感略涩的缺陷，甜辣椒炙烤后释放出的糖分，给酱汁带来了植物特有的甜味，被我们当成中药的藏红花，西餐却把它当成香料，带来特殊的芳香。

波士顿龙虾卷配西班牙藏红花甜椒汁

来自新西兰人工豢养的鹿，由于活动范围有限，活动量小，更不要说奔跑了，因此肌肉纤维极细。这道菜炙烤的火候控制得极好，估计不会超过65℃，肉汁得到很好的保留，嫩极了！

新西兰鹿肉

千层面是意大利的地方名菜，用伊比利亚火腿和肉酱、节瓜、茄子、奶酪、西红柿等与面皮层层叠叠，在烤炉里又烤又焖，这种复杂的味道，不就是意大利版的炸酱面吗？

伊比利亚火腿自制千层面

做意大利千层面，一次用一个烤盘，当晚十二位，分了一人一大盘。胃口极佳的美食摄影大师何文安先生和跃餐厅的彪哥居然扫个精光，真真佩服！千层面与我们的炸酱面有异曲同工之妙，都是肉酱、蔬菜、调料和面条的组合，不同的是千层面想尽办法把各种味道搅和在一起，中式炸酱面尽管把各种食材混到一起，但条理清晰，面有面味，菜有菜味，肉有肉味。世间事，就怕搅和，把诸多事情扯到一起，不知因果，难分是非，这种剪不断理还乱，就如千层面。

华夫饼

　　西餐进入中国，还是在大清朝的时候，首站就是广州。对西餐的评价，大吃货袁枚在《随园食单》中，就提到过"杨中丞西洋饼"："用鸡蛋清和飞面作稠水，放碗中。打铜夹剪一把，头上作饼形，如碟大，上下两面，铜合缝处不到一分"，然后生烈火烘铜夹，放入稠水，一糊、一夹、一烤，"顷刻成饼，白如雪，明

如绵纸。微加冰糖、松仁屑子"。这不就是西餐早餐的"华夫饼"嘛！袁枚写此书时是乾隆朝，西餐已进官府家厨中，"中丞"是对清朝巡抚的尊称，其在行政事务上相当于现在的省长。此时让袁枚津津乐道的，也仅"省长"家的华夫饼而已，与千层面根本不是一个档次。

　　如此比较，方有幸福感！

终于遇见你

珠江新城广州西塔的四季酒店，尽管只与我隔几条马路，可我居然就是没去过。恐高的我，对四季酒店悬空的设计，听起来都微微发抖，更别说在那里安排活动了。前段时间与闫涛老师、城中刁嘴容太的一个饭局，说到四季酒店的西餐 Catch 很是不错，约了饭局。一个大男人，总不能因为畏高而拒绝赴约，况且有美食诱惑，于是前往。

惊艳的餐前面包

这是十分惊艳的一餐，从餐前的面包开始就十分惊艳。西餐都会给客人准备面包：就座之前已聊了一会儿，肚子也饿了，坐下来后厨师才开始烹饪，主人致辞，一系列烦琐的礼节，一早做好的面包可以先垫一下肚子。由于是一早做好的，所以餐前面包一般是冷的，但是，Catch 的餐前面包，是热的！

热面包为什么好吃？从风味上讲，面包的风味有三种来源：小麦面粉的风味、酵母发酵后的风味、烘焙时烤炉加热引发的各种反应。这些香气主要有香草味、香料味、金属味、脂肪味、黄瓜味、油炸味、蜂蜜味，这些香味又来自香草醛、脂肪醛、乙醇、有机酸、带果香的酯类物质等。这些香味，都是烘烤时因高温而产生的，随着温度下降至常温，这些香味逐渐递减，这就是刚烘烤出炉的面包比冷冰冰的面包更香的原因。Catch 的面包，热乎乎的，香！

热面包也带来更令人舒服的松化感：面包冷却，就会变硬，专业上称为老化。面包里的淀粉分为直链淀粉和支链淀粉，它们都由葡萄糖分子所构成，不同之处是直链淀粉由一串葡萄糖分子排成一长队组成，支链淀粉则有很多小分队，这些葡萄糖分子互相不勾搭，当加热至60℃时，它们会溶于水，所以就互相纠缠在一起，这叫糊化，吃起来就是松软的。

随着温度的下降，水分从淀粉粒中向外移动，没有水的参与，淀粉分子之间又各自为政，再次结成晶体，这叫"回凝"，口感上就是又硬又韧，不过，重新加热至60℃，面包的老化现象又可以逆转。Catch 的面包是热的，所以既香又松！

给面包调味的，是加了黑松露酱的黄油。黑松露独特的香味是迷人的，但它有季节性，过了这个村就没这个店。保留黑松露最佳风味的办法就是做成黑松露酱，尽管没有新鲜黑松露那么香，但有总比没有好。不用担心糟蹋了黑松露，做黑松露酱用的是云南的黑松露，不贵。科学家把云南的黑松露和法国的黑松露做了分析，发现它们的 DNA 并不相同。与法国黑松露相比，云南黑松露在决定松露独特风味的神经酰胺、三萜、雄性酮、腺苷、松露酸、甾醇等元素方面略微逊色；但产生香味的另一些元素如鞘脂类、脑苷脂等脂类物质则差别不大。根据同类物质相溶的原理，这些脂类物质经过油泡，更能充分释放出来，一句话：云南黑松露，做酱再合适不过！

黑松露黄油，涂到热乎乎的面包上，马上融为一体，面包香、松露香、脂香、香草香、果香扑面而来，松软的口感令人备感温柔，一块面包，已经可以让我们被温柔地"俘虏"。

鲜到极致的扇贝

与中餐菜名能简则简，有时甚至云里雾里不同，西餐的餐单详细地列出了各种食材。这道菜叫"北海道扇贝塔塔、本地花蛤王、鱼子酱、海藻脆片"，这是一个鲜到极致的海鲜组合。北海道的扇贝和本地花蛤王，这些甲壳类海鲜比鱼类更鲜，那是因为鱼类靠氧化三甲胺和少量的氨基酸来平衡渗透压，但甲壳类海鲜几乎完全靠氨基酸，更多的氨基酸，也意味着更鲜美。甲壳类海鲜并不是每天都可以找到食物，所以它们需要储存能量，这些储存的能量除了脂肪、氨基酸，还有肝糖。肝糖本身没有味道，但有一种黏且结实的口感，经加热，就转化成甜味分子磷酸糖，这就是鲜和甜的口感。

这道菜中扇贝和花蛤肉的温度把握得很好，刚刚熟，充分表达出鲜甜和嫩滑。烹煮扇贝和花蛤，切忌猛火或加热过度，因为猛火会使扇贝和花蛤肉的蛋白质快速凝固，形成网状结构，氨基酸被封锁在里面，味蕾无法感知到，而加热过度又会让蛋白质凝固后，把氨基酸等风味汁液排出来，释放到汤里，扇贝和花蛤会因此变得寡淡无味。正确的做法应该是低温慢煮，让蛋白质处于接近凝固的程度，这时的氨基酸既留在肉里，又容易被味蕾感知。我们总是担心食物不熟而过度烹饪，美味就这样与我们擦肩而过，Catch 的师傅掌握了这一烹饪技巧，所以能做出美味。

扇贝和花蛤从所吃的藻类中取得二甲基－β－丙酸并积蓄在体内，加热后复合成二甲基硫（DMS），这是一种散发出香味的物质，加热的牛奶、罐装玉米中也有这种物质，西餐中往往用这些东西一起烹饪，起到相得益彰的效果。我吃到了淡淡的奶味，应该是有了牛奶的参与，估计师傅知道这个秘密。

至于海胆和鱼子酱，那是极鲜之物，让它们与扇贝和花蛤肉搭配，几种鲜一起，这个组合拳一下子就把味蕾打晕。墨绿色的海藻脆片既为这道菜增添了色彩上的美感，又带来脆的口感，软与脆互相衬托，很是和谐，而且，它还是个容器，把海胆和鱼子酱都装进去，吃起来就优雅了很多。美中不足的是，鱼子酱稍微差了一些。

迷人的南瓜组合

鲜到极致的海鲜组合让味蕾彻底沦陷，需要另一种味道让味蕾休息，Catch 选择了一个南瓜组合：姜味南瓜汤、咖喱南瓜玉团、南瓜脆片、南瓜子。南瓜经加热，淀粉糊化，变得黏稠，这就让不同表现形式成为可能，可煎，可焖炖，可捣成果泥，可做成汤、派饼、蛋奶沙司……这道菜把南瓜做成汤、团、片，表现形式已经够丰富了，而且，南瓜脆片还摆成四季酒店的标志，美得让人不忍下手。

味道上，更是迷人：南瓜汤用姜汁和椰奶一起调和，南瓜的甜很稳重，姜汁的微微辛辣有些许刺激，椰奶的香很温和，这个组合综合了甜、香和微微刺激的辛辣，仿如一个温和稳重又有个性的少妇，让人不得不为之倾倒。她携带的三件礼物：咖喱味的南瓜玉团，让你口中有物；香脆的南瓜片，让你感知南瓜还有迷人的另一面；而南瓜子的坚果香味，是一种额外的奖赏！

香、甜、微辣，滑、糯、脆，就这么简单地让一个南瓜统筹了起来。为了让南瓜脆片保持清脆，上菜时才浇上南瓜汤，这道南瓜，太"南"了！

味道亲切的西式鲷鱼

仅从菜单看，这道菜就令人备感亲切：香煎甘鲷鱼、蛤蜊、芹根慕斯、绿色蛤蜊汁。鱼和蛤蜊的组合，让人想到了顺德的大盘蒸鱼，里面就有蛤蜊，给鱼带去更多鲜味。拿鱼做菜，鱼的新鲜度是第一要素，因为鱼携带氧化三甲胺用于平衡海水渗透压，鱼死后，氧化三甲胺会分解为三甲胺，这就是腥，Catch 选用新鲜的南海甘鲷鱼，就是马头鱼，这就尽量避免了腥。马头鱼肉质细嫩，含水量高达77%，纤维感不强，用烧的方法，去除部分水分，肉质更紧实，风味也因浓缩而变得更加浓郁。

立鳞烧是日料的做法，Catch 大胆地拿过来用。这种先用190—200℃的热油浇淋，再移到炭火上烤熟的带鳞烹制方式，别有风味。鱼块上的鳞片高高竖立，如花般绽放，酥香清脆；皮脂 Q 弹，有韧劲；鱼肉柔嫩细滑，鲜美无比。一块鱼兼具三种口感，无论滋味还是造型都令人惊艳。

酱汁的搭配更是亲切，马头鱼肉去掉的骨不会浪费，和蛤蜊一起熬汤，做出鲜味十足的浓汤，这简直是老广的味道。由欧芹、迷迭香、百里香、薄荷、酢浆草、鼠尾草等16种香草低温研磨萃取的香草泥，和海鲜浓汤勾兑，这样的酱汁，鲜香得十分亲切。

不太亲切的澳洲小青龙虾和牛肉

中澳关系的紧张，让来自澳洲的食材也不太亲切，这不仅仅是情感方面，供应链出问题，也影响食材的新鲜度，幸好还有其他渠道，而牛肉排酸熟成也需要时间。

Catch 对龙虾火候的把握十分到位：龙虾的纤维很粗，烹饪温度不够，纤维没发生断裂，吃起来就费劲，但如果过火，保持龙虾鲜味的甘氨酸则被排出来，龙虾会变得又干又没味道。Catch 用低温慢煮的方法，控制好火候，再取肉微煎，让龙虾表面发生美拉德反应，产生焦香的风味，虾肉因此鲜甜多汁、爽口弹牙、香味突出。酱汁是龙虾浓汤和黑胡椒、蚝油、生抽的组合，中西合璧的鲜味酱汁和西式的控温搭配，十分完美。如果喜欢清淡的口味，旁边白色的椰汁泡沫，既好玩又好味，给你提供了另一个选择。

产自澳洲的M9雪花和牛，油脂分布均匀，呈大理石般的纹理，香嫩多汁，淡淡的奶香，搭配中式腐乳茄子蓉，衬托出牛肉丰腴的脂香，如果怕腻，烟熏味的芥末酱是不错的选择。

主厨曾师傅是湖南人，很有想法。在西餐中大胆选用本地食材，酱料运用上更是大胆，中西结合，这样的味道，不仅外国人喜欢，中国人也会喜欢。

恰，是你的温柔

离家不远的洲际酒店，有一家西餐厅 Char，中文取名"恰"。这家频频出现在凤凰金梧桐和米其林美食榜单上的餐厅，闫涛老师时时向我推荐，想来应该不错。别看闫老师平时嘻嘻哈哈、忽南忽北，推荐餐厅这事，他一向认真得很，仿如他姓氏的谐音，一切从严。

还是由闫老师组局，极不靠谱的文书兄一如既往地临时有事来不了，一向迟到又包揽餐酒的容太信誓旦旦说要第一个到，痛改前非，一定保证我们一开始就有酒喝，这次虽然不是第一个到，但也确实没迟到，只是，酒还是迟到了，负责送酒的小弟还是跟不上突然不迟到的容太的节奏。

刚做完腰椎间盘突出治疗手术还在康复中的跃餐厅彪哥，赴宴表现一向突出，拄着拐杖早早在餐厅等候，只是暂时不能喝酒，顶着个大大的酒窝，很是可爱，一个曾经用吸管喝一瓶洋酒的彪形大汉，忽然只是端着一杯水，温柔！

恰餐厅以做熟成牛肉出名。熟成牛肉是怎么一回事呢？动物屠宰后，短时间内肌肉是放松的，这时烹煮，肉质会特别柔嫩，这就是在潮汕吃牛肉火锅特别好吃的原因。

牛屠宰后2.5小时，猪、羊、鸡屠宰后1小时，由于供应肌肉的营养源消失，能源耗尽，肌纤维的控制系统失效，引发蛋白丝收缩，肉质因此变硬，发生"尸僵反应"。这种反应在牛肉那里表现得尤其明显，这也是牛肉又韧又硬的原因之一。

将牛肉吊挂起来，重力会使肌肉伸展，蛋白丝的收缩会减缓，所以市场上卖牛肉是挂着的，注水的就不敢挂着，因为地心引力会让注进牛肉的水滴出来。

不过，牛肉的这种尸僵反应并不是永无止境的，一天之后，牛肉开始了熟成的过程：肌肉里的蛋白酶对蛋白质发起攻击，将大分子且没有味道的蛋白质分解为小分子且具风味的氨基酸，将肝糖转变为具有甜味的葡萄糖，将负责运储能量的三磷酸腺苷（ATP）变为美味可口的单磷酸肌苷（IMP），将脂肪和类脂肪变成带香味的脂肪酸。这些产物为熟成的牛肉带来浓郁的肉味和果仁风味，在烹饪过程中，这些香味产物相互作用，形成新的分子，进一步增添香味。

其他酶则会使僵硬的牛肉变得柔软：钙蛋白酶可以降解肌原纤维蛋白，组织蛋白酶分解各种蛋白质分子，包括分解胶原蛋白质纤维内部的一些牢固的交叉结构，进而弱化结缔组织。

烹饪时，更多的胶原蛋白因已被分解，所以更容易再进一步分解成明胶，肉质因此更加柔嫩多汁。结缔组织被弱化，受热时挤压力减小，牛肉里的水分流失也因此减少。更多的胶质和肉汁，造就了一块柔嫩的牛扒，温柔！

这种熟成过程较为漫长，在1℃到3℃，湿度70%—80%的环境下，被称为"干熟成"，对牛肉来说，这个过程需要一个月以上。低温能抑制微生物的生长，适度的湿度使肉中的水分缓慢蒸发，肉变得紧实，风味更浓。

经干熟成的牛肉，水分蒸发一部分，牛肉重量会损失20%，表面的肉变干、腐败甚至发霉，必须切割丢弃，这又会损失一部分，保持低温和湿度也是不小的成本，这是一个毫不温柔的昂贵过程。

有一种更经济的湿熟成。牛被屠宰后，肉被切割包装，牛肉在塑料包装中完成熟成过程，这个过程大概需要两周时间。因为水分不能蒸发，所以不会导致干熟成的那种损失，成本低很多，但风味不及干熟成的牛肉。

当晚吃到两款熟成牛肉：40天干式熟成黑安格斯带骨肉眼、40天干式熟成红屋T骨，浓郁的牛肉香味，带着干果的味道，柔软得稍加咀嚼就满口脂香，肉汁饱满，这种美好体验，前所未有！带着肥肉和筋的T型骨边的肉，也一样一咬就碎，没有丝毫的难咬难嚼，反而是胶质满满。如果不经熟成，这部分只能归到牛腩的行列，没有几个小时的炖煮是没法吃的。

来自澳大利亚的100%纯血和牛柳，虽然没经熟成，但和牛脂肪分布均匀的雪花肉，已经足够鲜嫩，经过烟熏，淡淡的烟熏香味，给和牛带来另外的风味。

其他菜也很出彩。北极甜虾的糯和甜相互纠缠，在柑橘啫喱层加了柠檬，经发酵的黄油与莳萝奶油的混合调配后，增加了柑橘、柠檬的酸、涩和微苦，以及奶油和黄油的香，真的是五彩缤纷，就如一曲交响乐。用昆布包裹煮出来的阿拉斯加蟹肉，还夹带着一撮海草，昆布、海草、蟹肉，这是海的盛宴，逻辑上高度一致，把鲜味进行到底。当中尝到一丝丝苦味，来自柠檬叶油，既突显了鲜，又减少了腻。

闫老师让我做个评价，我开玩笑地说："这是我所吃过的第二好的牛肉，仅次于我们潮汕牛肉火锅！"没办法，家乡的味道，永远是最让我们魂牵梦绕的。

这是一个值得一吃的餐厅，温柔的牛肉，是"恰"可以带给你的，只是价格不低。

澳门的老味道
——六棉酒家

到澳门度假，师弟蔡立热情接待，设宴六棉酒家。这是一家火了三十多年的粤菜餐厅，大到几任特首，小到普通老百姓，都特别喜欢，丰可人均消费几千，俭可一两百，都可以吃得满意。这种餐厅，满足的是本地人的胃口，却不为外人所知，更不是各种榜单懂得欣赏的。

　　按约定的时间中午十二点到达，六棉酒家已经是人满为患，客满之余，老街坊们还安静地坐在门口等位。六棉的熟客，点菜是无须看菜单的，那些经典菜，也一般不会有什么闪失。前菜中的炸鱼嘴，拆散的鱼嘴，骨头中带点鱼皮，胶原蛋白遇热分解为明胶，带来一丝丝软糯，脆炸的鱼骨，一咬即碎，脆中有软，香中有鲜。椒盐豆腐，外酥里嫩，咸中有鲜，微辣带来的刺激，让人食欲大开。澳门烧肉是广式烧肉的顶级配置，无论是选料还是做法都较普通烧肉讲究，肉要选行内人所称的"挑骨花肉"，即联结排骨的部位，一头猪只有1斤多这样的肉，烧烤工序要经过煮、松针、受味、定形、纳焦、刮焦、回炉等繁复步骤才可完成，甘香酥脆，回味无穷。

杏仁白菜煲猪肺，是六棉的招牌老火靓汤。广府人的老火汤，总被赋予很多功能，这个汤被寄予厚望的功能是润肺。杏仁的润肺功能，倒是被中医肯定的，至于猪肺，以形补形，这是想当然：食物从消化道进入，消化吸收之后进入血液，对于通过物理方式危害呼吸道的可吸入颗粒物无能为力。不过，也没有人傻到要靠杏仁猪肺白菜汤治病的程度，不过这种怀着美好想象享用美食的态度，确实会让美食更加美味。六棉酒家的杏仁猪肺白菜汤之所以出名，是因其过人之处：猪肺清洗得特别干净，加入了不少连接猪肺的带肉软骨，长时间的炖煮，这些带肉软骨释放出谷氨酸和猪肉的芳香物质，因此又鲜又香，软骨中的胶原蛋白释放出明胶，增加了汤水的黏稠度；释放到汤水中的蛋白质，其中的疏水性氨基酸抓住脂肪，亲水性

蜜豆榄仁炒鱼滑

氨基酸抓住水，将油和水这两种原本互不相融的物质团结在一起，形成众多小油滴，光照到小油滴上反射出来就是奶白色；杏仁打成粉，既把杏仁的香味更好地萃取出来，也使汤色更显奶白，而奶白色的汤，总让人想到"营养丰富"……

珠江出海口，咸淡水交界，河水给海洋带来大量营养物质，小鱼小虾因此也特别肥美。澳门人特别喜欢的"基围虾"，并不是人工围养的虾，而是纯野生的刀额新对虾，只是因为它们生活在近海，还来不及长大就成为人们的盘中餐，娇小的身段，很像人工养殖的基围虾。刀额新对虾是近岸浅海虾类，常栖息于砂泥和泥沙质底海区，这种虾对环境的适应能力特别强，喜欢潜伏于泥沙中，是广盐性虾类，在盐度为35‰的水体中都能进行养殖，甚至经过逐级淡化驯养后，能在盐度更低的半咸淡水池塘里养殖。在珠三角，人工养殖的基围虾极为普遍，与近海的刀额新对虾又是同一品种，外形并无明显差别，澳门人干脆就用"基围虾"来称呼它们。如何辨别这种虾是不是野生的？个头整齐的就是养殖的，有大有小就是野生的，因为养殖的是同一批量产，所以个头基本没有差别。有没有可能奸商为了用养殖货冒充野生货，故意将大小不一的虾混到一起？这种可能性不大，因为人工养殖的基围虾，规格不同价格差别很大，太小了又不经济，这种造假意义不大。如果还不放心，那就看虾须的长短，虾须比虾身长的就是野生的。虾是近视眼，靠虾须协助它感知外部世界，养殖的虾有人投喂食物，除了人就没有天敌，所以虾须退化。野生虾找食物不容易，但澳门海域的虾不缺天然食物，虽然海鲜并不都是野生优于养殖，但此处的野生虾却是绝对一流。六棉的"基围虾"，从野生的刀额新对虾中挑选出个头较大的，既鲜又甜，肉质脆爽弹牙，蘸上泡有辣椒圈的生抽，好吃到根本停不下手来。吃这个虾，要一气呵成，中间不要互相敬酒，否则还要擦手，麻烦得很。

东星斑，我国海域最优质的石斑鱼，身上布满白色的幼细花点，形似天上的星星，因而被称为"星斑"，至于"东"字，是因为它产自中国东部的东沙群岛，当然，印尼、马来西亚、菲律宾也产东星斑，只要是野生和足够生猛，不同产地的东星斑口味上没有明显的差别。到不相熟的酒家点东星斑，容易踩雷，养殖的或者冰冻的东星斑，味道和口感差很远，到六棉酒家点这个菜可以放心，绝对野生、绝对生猛。原汁原味的清蒸是对一条生猛野生东星斑最大的尊重，鱼类能轻松悬浮在水中，无须致密的结缔组织支撑身体，也不像四足动物那样具有长纤维的骨骼肌，它们以松散的肌节相连。鱼肉蛋白在约50℃时就开始"融化"，肌节和肌肉簇易于分离，只需稍加蒸煮就能展现诱人的蒜瓣状鱼肉，"肉嫩汁鲜 + 紧致弹牙"就是蒸鱼的魅力所在。我们叫了一条三斤多的东星斑，这对师傅的"蒸功夫"是一个挑战：让一条身子这么厚的鱼从里到外同时熟不容易。高温蒸汽在鱼体表面凝结成水滴，同时释放出大量热量并向内传导，随着鱼的体表温度接近沸点，热量在鱼肉中的传导速率开始下降，为了口感，这是一场与时间的赛跑，一切可能减少耗散热量和提高蒸汽效率的因素都可以使用：比如装鱼的盘子事先用热水温一下；鱼下锅前用厨房纸吸干水分，避免损耗第一波蒸汽热度；蒸鱼时鱼身可以用筷子架空，增加蒸汽对流传热；等水滚开后，再将鱼盘放入蒸锅，火力要调到最猛；蒸鱼的时间依据火力强弱和鱼肉多少来判断……这些经验，六棉不缺。果然，鱼上桌时，鱼肉绽开、鱼皮炸裂、眼珠暴突、鱼鳍飞扬，这是绝佳火候的表现。切得极精致的卷曲葱丝和姜丝，淋上滚烫的花生油，将姜葱的香味激发出来，味道极佳的酱油，典型的"豉油不过身"，酱汁只添盘底不淋鱼身，口味咸淡自己作主，再配上半碗白米饭，那叫一个舒坦。

六棉的服务，因为彼此熟悉，备感亲切，至于环境，三十多年前的装修依然还在用，简简单单，又干干净净。翻开菜单，几十年的菜依然在，不增不减。在这里，时光仿如停滞，瞬息万变的世界也与它无关，变化的是一批又一批逐渐长大、老去的食客，其中，就包括了我。美食依旧，冯唐易老，珍惜每一餐，把每一天过好，日子也就算过好了，我想，这就是美食带给我们的快乐和意义吧！

　　带花生到澳门度假，赵路兄特意安排了凯旋轩的荷花宴。自1999年始，每年的6月中至8月中，荷花绽放之际，澳门名厨苏伟良师傅都会推出荷花宴。我们慕名而来，苏师傅全程作陪。这一顿饭，让我们领略了澳门传统粤菜的魅力。

　　荷花，是澳门的区花，荷花宴，则从东北到西南，从江浙到两湖，几乎是凡有荷花处，便有荷花宴，毕竟，荷叶、莲子、莲藕皆可入菜，而莲藕不同部位、不同品种、不同产地、不同表现形式有不同的风味，与其他食材搭配，就有无限的想象空间。做出一桌菜，这不难，难的是如何做出有特色的荷花宴，毕竟已经做了二十多年，每年还要不一样，今年的荷花宴，苏师傅又是怎么表现的呢？

第一道菜就是异常精彩的呈现。莲子芒珠爱意沙律虾，以浪漫烛光心形摆盘，以干冰制造出烟雾缭绕的浪漫效果，沙律虾配芒珠芒果，中央部分则放有新鲜莲子杂果及冰菜拌芝麻酱，酸甜开胃。这道菜的亮点很多，水果配上咸鲜味的色拉酱、冰菜配上浓香味的芝麻酱，中西结合得很是平衡。由植物油、鸡蛋黄和酿造醋，再加上调味料和香辛料等调制而成的色拉酱，与酸甜的水果简直就是绝配，色拉酱裹住水果，表面上形成一层防护膜，最大限度地保存了原料的新鲜度和营养，隔绝了空气，水果也就不会氧化变黑。由芒果汁经过分子料理手法制造出的固体芒珠，时尚可爱，五颜六色的色彩搭配，完全符合美食色彩学的标准，让人食欲大开。传统的宴会，以水果扮演收尾角色，营养过剩的年代，趋向于将水果当前菜，但一盘未经处理的水果，未免过于简单粗暴，用色拉酱表达，才像一道菜。仅是水果色拉，太过西化，冰菜芝麻酱和莲子的加入，增加了中国味道，也将食客拉回荷花宴的主题。这是一道收放自如、中西结合、好看又好吃的前菜，真是"有姿势有实际"。

第二道前菜，千层藕蓉夹拼酸藕腐皮菠萝金蚝卷。以炸脆春卷皮配熟藕蓉猪肉馅，制成书本状，加入柚子果。莲藕蒸熟，淀粉糊化，所以变得软糯，捣成蓉，大分子变成小分子，把软糯进行到底，味道也容易被味蕾捕捉到。经糊化的小分子淀粉与口腔里的淀粉酶结合，就变成了糖分，甜味马上彰显了出来。猪肉馅里的谷氨酸贡献了鲜味，柚子果酸甜中带着柑橘香味，与脆炸的春卷皮的香味结合，味道更加丰富，既脆又糯，既有胶状又有颗粒状的矛盾口感，妙不可言。苏师傅在春卷皮上写的祝福语是"担当""友爱""善良""品德"……让每个人对号入座，仿佛被表扬了一番，多巴胺激增，愉悦感让美食更美。酸藕腐皮菠萝金蚝卷，将金蚝及菠萝以烟肉、腐皮、青瓜及酸藕层层包裹，卷制而成，甘、鲜、酸、香、脆席卷而来。这个拼盘，熟藕蓉与酸藕都扮演了出色的配角。

脆皮藕蓉酿海参，以藕蓉酿进海参，再蘸上薄脆浆与番薯叶炸至金黄，以番茄酱点缀，口感松脆而饱满，鲜中带甜。海参本身味道乏善可陈，但却是提高客单价的神品，如何入味是让各个酒楼头疼的问题。苏师傅用生藕捣成蓉，与猪肉馅一起酿进海参，脆浆油炸，发生美拉德反应，大分子的蛋白质分解为氨基酸，鲜味就被释放了出来，生藕蓉遇热排出的水分，让这道菜汁液丰富，因此不会干，简直是神来之笔。用荷花瓣装着的番茄酱让海参味道更加丰富,多少随意,浓淡自由,好吃!

两道用荷叶入味做的菜最是出彩。怀旧荷香米沙鳝,以巨大荷叶展现夏日荷香美景,中央搭配清新爽脆的"年年好景"藕巢小炒王,旁边砌有荷花绽放般的怀旧荷香米沙鳝,入口嫩滑而淡淡渗出荷香滋味。鳗鱼焖番薯,这个真没听过,苏师傅说是一道老菜,这个搭配妙极了:鳗鱼脂肪含量高,十分肥腻,番薯刚好吸油去腻;长时间的焖煮,鳗鱼的香味分子容易挥发,番薯加热后释放出的淀粉,形成一个网络,将鳗鱼的香味分子罩住,无处可逃;番薯有紫薯、黄薯、红薯、白薯,这就构成丰富的色彩,美不胜收。

盐焗荷香汤鲍百子鸭,以当归作馅填入去骨嫩鸭,进锅蒸至软脸,用荷叶包裹,盐巴盖好焗熟,令鸭肉吸收各种食材的香味。再用盐、面粉和蛋白制造出的"泥浆"将鸭包住,如叫花鸡般烤一番,"泥浆"变成盐丘,里面的八宝鸭经高温加热,鸭肉的蛋白质分解为氨基酸,与鸭肉里的各种食材互相渗透。上桌时邀请客人以木槌破开盐丘,打开荷叶,香气四溢,再放入精心调煮的鲍鱼与时蔬,八宝鸭、叫花鸡两种经典合二为一,荷香十足。荷叶含有生物碱、黄酮苷、鞣质、醇、醛等成分，它的缕缕清香就来源于其本身的青叶醇及青叶醛，不论是新鲜的荷叶，还是晾干储存的干荷叶，这两种物质都十分丰富。以荷叶入菜，古已有之：在记录北宋京城生活的《东京梦华录》中就有"猪羊荷包"，那是荷叶包猪肉羊肉；《红楼梦》里的"莲叶羹"，那是将荷叶直接下到汤里煮；清代《调鼎集》中记有荷叶包鸡的做法，详细得很："子鸡治净……均切骨牌块，加以作料，咸淡得宜，或香芃、火腿、鲜笋皆可拌入，用嫩腐皮包好，再加以新鲜荷叶托紧，外用黄泥周围裹住，塘火煨热，以香气外达为度。临用，取出泥叶，揭下腐皮，盛大磁盘（疑为"瓷盘"之误——编者注）内供客，大有真味（五、六月最宜）。"苏师傅用荷叶入菜，与此记载十分接近。除了以荷叶入菜，这道菜的灵魂来自淮扬名菜八宝鸭，而八宝鸭的历史，可追溯到清朝。据《江南节次照常膳底档》记载，乾隆三十年（1765）乾隆南巡时的"正月二十五日，苏州织造普福进糯米鸭子，万年春炖肉，春笋糟鸭，燕窝鸡丝"，其中的"糯米鸭子"是当时苏州地区最著名的传统名菜，也是八宝鸭的原型。

其他几道菜，也十分精彩。鲜蟹肉莲蓉蛋白盏，盛载着新鲜蟹肉的心形冬瓜，犹如小船在柔软的蛋白盏及莲蓉南瓜鸡汤汁上荡漾，蟹肉、冬瓜、莲藕蓉都十分清鲜。雪耳莲子藏玉露，以荷叶围边的高身花樽装载着清凉雪耳莲子藏玉露的花朵高杯，配合干冰散发的雾气，就如花蕾于朝雾中悄然绽放。玉露不但味道酸甜解暑，更有助清爽味蕾，让接下来的每道荷香美馔，味道更加突出。主食藕汤带子淮山面，以甘甜的带子拌淮山面，上桌后淋上精心熬制的功夫藕汤，墨鱼莲藕汤这一熟悉的广府老火靓汤与舒爽的淮山面搭配，熟悉而亲切。甜品芒果锦鲤伴晶莹剔透糕，鲤鱼状的清爽芒果大菜糕及晶莹剔透荷花糕，造型生动，让人不忍下箸。

这是一桌功夫菜，用料普通，但却费时费力，每位680元澳门币还包酒和饮料，也只有苏师傅这一极具匠心的老烹饪艺术家才肯做了。

米其林一星
——永利宫体验

新冠疫情笼罩下的复活节假期，到澳门是个不错的选择。老婆大人负责选择小朋友喜欢的娱乐项目，选择餐厅的任务就归我了。我个人比较喜欢那些运用本地食材的小馆子，但与家人一起，还是选择就餐环境和服务更好的米其林餐厅吧。永利皇宫的永利宫餐厅，刚获得米其林一星，闫涛老师请澳门美食活地图米夫先生帮我预订，那就是它了。

一家三口，其实很难点菜，那就选米其林的套餐。米其林设计的套餐，考虑了搭配和他们的招牌菜，价位和利润也都被纳入综合考虑，人少的话选套餐，就是一个不错的选择。我们选了1888一位的套餐，小朋友的那份减了两道菜。服务员很贴心，提醒我们龙虾蒸蛋里有花雕酒，小朋友那份改成了放酱油，酸菜鱼赖粉是辣的，改成烧鹅饭。套餐里没有青菜，我们又加了一个上汤苋菜。

等上菜期间，永利宫餐厅的美丽风景优势尽享，面对一个超大的喷泉水池，梦幻的灯光，熟悉的音乐，澳门的"纸醉金迷"仿佛在提醒你：不点贵一些的菜，你自己都不好意思！

很快，前菜上来了，共三道：日本芥末拌鲜鱿、金牌叉烧、酥炸法国生蚝。

鲜鱿鱼切得厚薄均匀，锯齿状十分整齐，白焯的火候拿捏得恰到好处，芥末酱里，酱香的沉稳、辣的温柔，与洁白的鱿鱼片里的氨基酸释放出来的鲜搭配，清醇而不缺内涵。鱿鱼是我国海味市场的主角，我国海域的鱿鱼是中华枪乌贼，年产4万—5万吨，主要渔场在渤海湾、福建南部、台湾、广东和北部湾，其中以渤海湾、北部湾出产的鱿鱼为最佳。随着近海海鲜资源的枯竭，远洋渔业也不得不大力发展，远洋鱿钓已经成为我国远洋渔业的支柱产业，产量占到我国远洋捕捞量的1/3。而且，我国的远洋鱿鱼捕捞量占全世界公海鱿钓产量的五到七成，已经连续9年位居世界第一。秘鲁海域、阿根廷海域、北太平洋海域和印度洋海域这四个主要鱿鱼钓场的阿鱿（阿根廷滑柔鱼）和茎柔鱼（南美大赤鱿），早已是我们的囊中之物。上来一碟切好的鱿鱼，我们根本没办法分辨出它来自何处，只要足够新鲜就好了。新鲜的鱿鱼，口感脆而弹牙，味道鲜中带甜，没有腥味。有人吃鱿鱼刺身，需要的是软糯的口感，那是鱿鱼发生了轻度水解，再往前一步，就发臭了。这道前菜鱿鱼很新鲜，只是量大了点，每人约有四大片，这种高嘌呤食物，尝几口就好了，上这么多，浪费了。这道菜，给90分！

叉烧是粤菜的代表，近几年高档餐厅流行用西班牙伊比利亚黑毛猪瘦肉做叉烧。伊比利亚黑毛猪在完全自然的环境下生活一年以上，味道十足，其香味分子是烷类，这是一类由碳原子和氢原子用单键结合起来的化合物。这些烷类又分为直链烷类和支链烷类，直链烷类由猪肉的脂肪分解而产生，支链烷类则来自伊比利亚黑毛猪所吃的橡果，这是黑毛猪肉与别的猪肉不同的原因。永利宫餐厅对标米其林，米其林又以国外游客为主，他们不吃肥肉，所以用全瘦肉做叉烧，这对师傅们而言是一个重大挑战：高温使猪肉蛋白收缩，汁液被挤出来，表现出来的就是又柴又硬，如果用半肥瘦的猪肉，汁液总量多，所以有更多的汁液留在叉烧里。猪肉的芳香物质主要是在脂肪里，所以肥

叉烧既香又嫩。米其林餐厅为了照顾不喜欢肥肉的客人，弃用肥叉，选用瘦肉，在美味方面就无法达到至臻境界，但做得不干不柴，这已经不容易了，这道菜，给80分！

酥炸法国生蚝，用法国生蚝裹上一层淀粉油炸，这道菜香脆、肥嫩、多汁：高温让生蚝表面迅速脱水，所以脆；温度传递到生蚝里面需要时间，掌握好时间，让生蚝里面的蛋白质刚刚凝固但不收缩，这就是滑嫩多汁。170℃以上的温度，生蚝发生美拉德反应，大分子的蛋白质分解为小分子的氨基酸，生蚝变得又鲜又香。大蒜特有的香味也特别明显，可却见不到炸蒜的影子，是用炸过蒜的油来炸蚝？还是炸蒜腌过生蚝？又或者炸蒜参与，上碟前清除？这个谜，留待日后见到师傅再当面请教。永利宫餐厅的对岸横琴，原来就是优质蚝的主产区，大规模的填海和污染，使横琴蚝成为昔日的一个传说。生吃蚝，法国蚝当然是上品，但炸蚝，国产的汕尾、台山蚝完全合格，而且更新鲜美味。高档餐厅用法国蚝，赚足噱头，收高价也仿佛就有了理由。这道菜，给90分！

汤是鱼肚鱼茸羹，这是一道传统粤菜。将鱼肚油炸，鱼肚膨胀而产生松化的口感；将鱼蒸熟后取出鱼

酥炸法国生蚝

肉，推成鱼茸，两者合烹做汤，勾芡成羹。这是一道功夫菜，食材并不名贵，但颇费功夫，必须突出鲜味，可惜做得太普通了。鱼肚本来没有什么味道，只含少量核苷酸，鱼肉倒是富含氨基酸，可惜这道菜为了体现物有所值，用了更多显得高贵但乏味的鱼肚，而鲜味更足的鱼肉却用少了，因此不够鲜。贡献鲜味的鱼肚和鱼肉里的氨基酸主要是核苷酸，核苷酸的鲜味比不上谷氨酸，两者协同作战鲜味更突出，如果这道菜加点上汤，或者加点味精，就完美了。米其林餐厅通常拒用味精，过分要求食材高档，却连追求味道这一最现实的手段都给忘了，这道菜，打60分！

热荤菜之一法国蓝龙虾陈年花雕蒸蛋，十分优秀。蒸水蛋追求滑嫩，这对水和蛋的配比，温度火候的要求很高。陈年花雕贡献了特殊的香味，法国蓝龙虾则给水蛋贡献了鲜味。尤其精彩的是龙虾特别鲜嫩，一份两件龙虾身肉和一块大钳肉，又嫩又弹牙，鲜味纯粹，与水蛋的纯粹呼应，反衬出陈年花雕的厚重。龙虾生长速度缓慢，肉质纤维因此粗壮，细腻与它没什么关系，但法国蓝龙虾却是个例外。法国蓝龙虾的成长期比其他龙虾更慢，平均要7年时间，蜕壳30至35次，才能长到2磅重。跟其他龙虾不同，法国蓝龙虾的年纪对肉质没有多大影响，不论大小，都是肉厚、鲜嫩、味浓、爽甜，一入口就能感受到那股浓郁丰美的龙虾味，还隐隐带有海洋的咸香。之所以身披迷人的蓝色，那是一种数量过多的蛋白质与虾青素结合，形成蓝色化合物虾青蛋白贡献的，这种颜色，很是高贵，但也让蓝龙虾完全暴露在天敌面前，给它们带来灭顶之灾。烹调法国蓝龙虾，最好以整只煮或蒸的方法来保存鲜味，而且是与时间赛跑：一只1磅重的龙虾煮3分钟，煮熟立即切开、去壳，否则虾壳的热力会渗入虾肉，令龙虾过熟。煮好后也要马上食用，放凉了肉质就会转为干硬，丧失美妙的口感。这道菜，火候与上菜时间都十分完美，打100分！

另一道热荤菜南非干鲍，则不尽如人意。干鲍的鲜来自蛋白酶对蛋白质分解产生的氨基酸；干鲍的溏心、软糯的口感来自鲍鱼的轻度水解。溏心干鲍技术已由日本三大家族垄断，涉密，有不少生产商掌握了这一技术，但有时也不太稳定，我吃到的这个鲍鱼，溏心不够，味道也略显寡淡，想想也只是1888元一位，要求也不能太高，给70分！

热素菜上汤苋菜，味道也太寡，我以为是上汤的问题，尝了一口上汤，很浓的火腿上汤味，但为什么苋菜没味呢？火腿上汤是很沉稳的鲜，不经长时间的炖煮不出味，同时，它还很不"合群"，非经长时间炖煮，它还不容易渗入别的食物里。上汤苋菜是将苋菜焯熟后浇上火腿汤，当然就各自安好，互不入味。街边的小馆子，用肉末和皮蛋与苋菜滚一下，就很入味，米其林餐厅总不能用肉末和皮蛋吧？这种高贵，后果就是寡淡！这道菜，给60分！

主食酸菜鱼赖粉，将粤菜小吃赖粉和川菜酸菜鱼结合，这个跨界混搭很有想法。赖粉是粤菜的小吃，做法是先用铁锅烧开水，锅上放一铜漏筛，将浸透的上等粘米磨成粉后调成浆，倒进筛内，然后用有柄圆木厚板大力压下，米粉条便通过一个个筛眼落入锅内，这个动作，粤语称为"赖"。等到米粉条熟时立即捞起冷却，吃时再调成各种味。这碗酸菜鱼赖粉，赖粉嫩滑，米香十足，酸菜鱼味道中的酸、鲜、辣调和得也很好。美中不足的是鱼肉，选用了东星斑，高级得很，但一吃就知道鱼肉入味后在厨房放了几个小时，有点干了。其实，吃到这个时候已经吃不下了，味觉疲惫，评价也就不太客观。这个菜，给80分！

房间服务没得挑剔，服务员周到，该出现时及时出现，很是适当，不时征求对菜品意见，认真倾听，还说会反映给厨房。会不会反映给厨房谁知道？但这种诚恳，让人很是受用！对小朋友也关照有加，带着花生姐到甜品车挑了一盘她喜欢的甜品，还是送的。这个服务，给100分！

米其林进入中国，让人又爱又恨。这是餐厅的最高殿堂，谁不想上榜？但我们中国消费者往往又觉得米其林不懂中餐，上榜餐厅不见得有那么好吃。如果我们看看米其林的评鉴因素，或许就可以释然了。米其林的评鉴因素包括食材质量、口味掌握、烹饪技术、个人风格、价值所在和水平恒定度，追求的是一种精益求精的形式完美，与我们平时的"好味道"还不一样，这是两个完全不同的评价体系。小馆子有小馆子的精彩，米其林餐厅有米其林餐厅的精致，如果条件允许，尝尝米其林餐厅，也是不错的美食体验。

第二章

寻味海外

新加坡名菜
——黑胡椒蟹

　　选择度假胜地，我首选与新加坡有50分钟渡轮距离的印尼民丹岛旅游区，这是新加坡向印尼租借的地方，印尼政府将民丹岛北部3200公顷划为特别行政区，并将此特别行政区租予新加坡80年。这里终年阳光普照，年平均气温在26℃，蓝天碧海、沙滩无际、树木葱翠、阳光明媚，拥有非常漂亮的高尔夫球场和完美的度假酒店，打球、潜水、冲浪、骑车、射箭、SPA、散步、发呆，都是不错的选择，而且，岛上的中餐厅，黑胡椒蟹非常不错！

　　印尼、新加坡海域，拥有质量非常不错的青蟹，用黑胡椒爆炒，黑胡椒特殊的辣和香与青蟹的鲜和甜结合，浓郁刺激又不缺螃蟹的清新，就如这里的一切，自然又丰富，清静又热闹。这是新加坡的名菜，颇有点中西合璧的意思。将螃蟹切块，用干白葡萄酒、黑胡椒粉和盐腌制约15分钟，然后轻轻拍上一层干淀粉；锅中倒入油，加热至约210℃时，即所谓七成热（通常说一成热是30℃），将螃蟹过油，炸至表面金黄，即可捞出；捞出螃蟹后，锅中留一点底油，放入洋葱炒香，再加入黑胡椒酱炒香；将螃蟹放进去，再加入一杯干白葡萄酒，中火煮6—8分钟入味，收汁，即可出锅。

胡椒原产于印度西南海岸马拉巴尔地区的热带雨林，也就是今天的喀拉拉邦一带，已有4000多年的栽培历史。全世界共有40多个国家和地区种植胡椒，其中数亚洲地区的胡椒栽培面积最大，产量最高，占全球总产量的80%左右，越南、印尼、印度是主产国，越南更是几乎包办了全球胡椒出口市场的一半。在各种胡椒中，黑胡椒和白胡椒占绝大多数，偶见绿胡椒和红胡椒。其实，这四种胡椒的原材料都是一样的，只是加工方式不同。未成熟的胡椒果实是绿色的，即绿胡椒；胡椒成熟了，外皮开始变黑，就是黑胡椒；如果让它继续生长，就会变成橘色，在水中浸泡10天左右，去除外衣，晒干，就是白胡椒；再继续让它生长，胡椒粒会变成樱桃红色，就是红胡椒。黑胡椒更香，略带果木香气，但辣味少一点。白胡椒更辣，但香味没黑胡椒浓，这是因为胡椒的辣味来自胡椒碱，白胡椒比黑胡椒更成熟，含的胡椒碱更多。

我国不是胡椒的原产地，最早有关胡椒的记录出自西晋司马彪所著《续汉书》："天竺国出石蜜、胡椒、黑盐。"可见那时候已经知道印度有胡椒，但还不能在本土种植，因此，与欧洲一样，胡椒在中国也曾是奢侈品。唐朝时的墨吏、宰相元载，被后世称为唐朝和珅，被朝廷抄家时，家中抄出胡椒八百石，约为现在的六十四吨，《新唐书·列传第七十》载"籍其家，钟乳五百两，诏分赐中书、门下台省官，胡椒至八百石，它物称是"，应该不是胡说八道。这个故事，被历朝历代名人用来说事，相当于现在的廉政教育反面教材。苏东坡就写过："胡椒铢两多，安用八百斛。"他的学生黄庭坚也来两句："何处胡椒八百斛，谁家金钗十二行。"明朝重臣于谦则写出了"胡椒八百斛，千载遗腥臊"来与同僚互警。连唐伯虎也来凑热闹："锦帐五十里，胡椒八百斛。"可见此事影响之大，当时胡椒之名贵。胡椒成功引种，那是在明朝中期，此后胡椒的价值逐渐降低，最终变为寻常之物。《金瓶梅》中，李瓶儿在嫁给西门庆前有八十斤胡椒、三四十斤沉香、二百斤白蜡、两罐子水银、一百颗西洋珠子等家财，而这些东西总共卖了三百八十两白银，此时的胡椒虽为贵货，但已不是高不可攀了。《金瓶梅》描写的时代虽是宋朝，但写作时间其实是明朝，这个价格，应该是明朝时的价格。

新加坡黑胡椒蟹中的青蟹，是青蟹中体型最大的锯缘青蟹，又叫黄甲蟹，东南亚管它叫斯里兰卡蟹。特征是螯足和泳足具有明显的深绿色网纹，生性凶猛，出售时必须将其五花大绑，连绳索一起称重卖。《酉阳杂俎》说的"蝤蛑，大者长尺余，两螯至强。八月能与虎斗，虎不如。随大潮退壳，一退一长"，就是此物。《酉阳杂俎》是唐代段成式创作的笔记小说集，《四库全书总目》对其评价为"多诡怪不经之谈，荒渺无稽之物，而遗文秘籍，亦往往错出其中，故论者虽病其浮夸，而不能不相征引"，一句话，不可全信！说青蟹可以大至一尺多，还可以打败老虎，纯属夸张、瞎扯，但大且凶猛，也确实是它的特点。同为唐朝人，广州司马刘恂在《岭表录异》中的记载则靠谱了许多，"蝤蛑，乃蟹之巨而异者。蟹螯上有细毛如苔，身有八足，蝤蛑则螯无毛"。他辨别青蟹的方法就是看蟹螯有没有长毛。他还提及"赤蟹"（即锯缘青蟹），说"赤蟹，母壳内黄赤膏，如鸡鸭子黄，肉白如豕膏，实其壳中，淋以五味，蒙以细面，为蟹饆饠［bì luó］，珍美可尚"，这里的"鸡鸭子黄"，是鸡蛋鸭蛋黄，说蟹黄颜色像蛋黄，肉白白嫩嫩。用这些大个头的青蟹做黑胡椒蟹，产肉率高，吃起来无比过瘾。至于是选用肉多的公蟹，还是选用膏多的母蟹，则仁者见仁，智者见智了，我个人喜欢肉多的公蟹，黑胡椒已经够香了，公蟹鲜甜的蟹肉与之搭配，层次感才丰满。吃黑胡椒蟹，千万斯文不得，直接用手是最好的选择，这玩意那么大块，不论是筷子还是刀叉，都驾驭不了，尽管因此手上会沾上黑胡椒汁，但那是香辣和鲜甜的组合，消灭完螃蟹，再吮吸一下沾满酱汁的手指，才叫过瘾！当然，前提是吃前要洗手。

青蟹为了适应咸水环境，细胞内会储备更多的游离氨基酸来平衡海水的高渗透压，因此青蟹非常鲜甜。这种特质，使青蟹既可以不加任何作料清蒸，以"素颜"示人，也可以用黑胡椒炒，"妖艳"勾魂。

新加坡国菜
——海南鸡饭

　　新加坡的国菜，除了肉骨茶，还应该算上海南鸡饭。这种以鸡油、鸡汤浸煮米饭，饭上码几块鸡肉，浇上特制酱汁的蛋白质与碳水化合物组合，打着海南的名字，新加坡人却毫不客气地给了它"国菜"的荣誉。

　　实话实说，我对在国内吃到的海南鸡饭，印象很一般。这种鸡和饭的组合，就是为了快速填饱肚子。分开来看，鸡不过是白切鸡，白切鸡好不好吃，由鸡龄、鸡吃什么、鸡的生活环境和烹饪技法所决定，有哪一家海南鸡饭的白切鸡在这些方面很讲究？饭好不好吃，主要由米好不好决定，又有哪一家海南鸡饭舍得用上等大米来做？到了新加坡，相信找到了"正宗"，应该可以改变我的印象。去哪家好呢？当地朋友推荐了一家"东风发"，据说是李显龙总理的最爱，国宴都在他们家打包。

东风发位于一个普通的小贩中心（food centre），我们是坐出租车去的，司机告诉我们，在新加坡，有好多这类小贩中心，卖各种小吃和水果，是当地人没时间做饭时，解决一日三餐的所在地，他也经常到小贩中心吃饭，快速、便宜，适合出租车司机们。问他哪里的海南鸡饭好吃，他说他们家附近的小贩中心的好吃，虽然没什么名气。听这口气，明显的"谁不说俺家乡好"，只是在新加坡这个弹丸之地，"家乡"这个概念换成了"家附近"。

小贩中心集中了上百家餐饮摊档，每一个档口有十几平方米，就是一个简易厨房加一个售卖窗口，吃饭的台凳是公共的，顾客找到地方随便坐。中午一点半了，东风发门口还排着长队，好在鸡和饭都是现成的，师傅斩鸡、盛饭、收钱一人包办，手脚麻利，倒也很快。六个人要了两只鸡和六碟饭，摆开阵势吃。饭是够香的，鸡油的脂香和斑斓叶、香茅、柠檬草、生姜、蒜头等香料的特殊香味，给油饭带来香喷喷的惹人味道。米饭粒粒光亮、油润通透，表面被亮黄鸡油渲染出一抹琥珀柔色。斑斓叶是海南鸡饭的灵魂，其实就是香兰，香味来自香兰中的2-乙酰-1-吡咯啉，不像多数香料那样浓烈，它的香味温驯柔和，闻起来与煮熟的香米很相似，给油饭带来更浓厚的稻谷芬芳，掩盖了所用大米香味不足的缺陷。鸡却是让人失望，尽管也还嫩滑，但鸡味明显不足，一尝就是工业化饲养下快速长大的鸡。这种白切鸡，要在广州，不被骂才怪！好在有几碟味道还不错的酱料：又浓又黑的"广式黑豉油"酱，鲜中带甜；酸柑汁调出的"辣椒酱"，馥郁微酸；热鸡油撞击下的细腻"姜茸"，增味提鲜。劲道的辣、迷人的酸、隐约的甜，各种滋味联合弥补掩盖了鸡味的寡淡。

在海南，海南鸡饭并不出名，小店里卖白切鸡，也配白饭或者油饭，并没有如新加坡一样成为大街小巷里的一道美食。关于海南鸡饭的来源，可信的推测是源于海南旧时祭祀用的"米饭团＋白切鸡"的组合。自清代起，海南一带的居民，逢年过节时都会拿鸡油、浸鸡水与米饭同煮，再将米饭捏成胖乎乎的饭团，以用于祭拜祖先，传达儿孙们生活"团圆美满"之意。祭拜活动结束后，人们会将饭团就着白切鸡一起享用，这种习俗，今天在马来西亚的海南华人群体中还在延续。19世纪末开始的移民大潮，使这种习俗随着海南移民来到了马来半岛，为了生计，有人沿街挑担或提着竹篮售卖鸡饭。"鸡饭"这种吃法，时常让身处异乡的人们产生思乡之情，于是"海南鸡饭"这种在原产地少有的叫法，反而在异国他乡渐渐流行起来。1965年，新加坡脱离马来西亚独立，繁荣的经济和发达的旅游业，让"海南鸡饭"这种街头美食的名声得以传播得更广更远，虽然马来西亚也有"海南鸡饭"，但今天，人们一提起海南鸡饭，最先想到的就是新加坡了。谁在新加坡最先卖海南鸡饭？美食家蔡澜在《海南鸡饭研究》一文中给出了答案："海南鸡饭该归功于新加坡瑞记餐厅的老板莫履瑞这个人。莫履瑞在二十世纪二三十年代从海南岛到新加坡以卖鸡饭为生，他与一般小贩不同，双手提着两个竹笼：一个装鸡，一个装饭，圆圆胖胖的饭球颇有特色。"

名扬海外的"海南鸡饭"，尽管与"好吃"还有点距离，但快餐式的美食，很符合今天快节奏的生活，在国内，尤其是南方大城市，也颇有市场。既然有市场，又与"海南"沾边，自然也就引来"谁是正宗？""出处在哪儿？"等争论，有人还正儿八经地发起"海南鸡饭标准研讨"，企图通过定标准抢得海南鸡饭的"知识产权"，我看这大可不必。即便在新加坡，这道"国菜"也没有谁是正宗之说，倒是各人有各人心仪的海南鸡饭店。比如"威南记"，2010年获得亚洲"人民选择奖最佳小贩"，"新加坡小贩大师赛前三名（鸡饭类）"；比如"文东记"，据说是港星刘德华的最爱，谢霆锋在《十二道锋味》第一季里面带桂纶镁去的，就是这家；唐人街的"了凡 Hawker Chan"，米其林一星，是"世界上第一家获米其林称号的小贩"，绝对是全球最便宜的米其林美食；新加坡最著名的网红店"天天海南鸡饭"，可以算是麦士威小贩中心的头牌，排队人最多的总是他家。

对餐厅来说，用心做美食，自然受欢迎，即便顶着"老字号""正宗"的光环，不受欢迎，又能如何？对地方政府来说，与其去争一个出处，不如学习新加坡政府，在寸土寸金的地段，还开辟出众多"小贩中心"，让小本生意有个落地之处，让普通百姓能吃上廉价饭菜。把小人物关照好，这个社会，自然就温暖满地！

新加坡肉骨茶

　　经新加坡去民丹岛，有三个小时的中转时间，刚好也是晚饭时段，那就去吃有名的肉骨茶吧。

　　肉骨茶，其实就是排骨炖汤。新加坡原属马来西亚，华人下南洋谋生，到了这一带，以做苦力为主，码头搬运工、人力车夫是他们的主要工种，白米饭加肉可以提供足够的热量。热带气候令人不适，华人常用各种中药调理身体，那时排骨很便宜，于是排骨混合中药及香料，如当归、枸杞、玉竹、党参、桂皮、牛七、熟地、西洋参、甘草、川芎、八角、茴香、桂香、丁香、大蒜及胡椒之类，一番炖煮，就成了一味美食。

　　为什么叫"肉骨茶"？排骨是"有肉的骨"，这好理解，但"茶"在何处呢？原来，福建人和广东人把中药汤也叫茶，比如"凉茶"，其实是中药。还有一种说法，说以前在码头干苦力的华人，享用肉骨茶的时候，摊主通常都会配上工夫茶。这个说法牵强得很，福建人潮汕人习惯喝工夫茶，工夫茶是他们的标配，连吵架前都得先喝杯工夫茶后再开始，享用美食时喝茶很正常，按此逻辑，还应该有"海南鸡茶""卤鹅茶"呢！

肉骨茶有两种口味。一种药材味浓的，是福建口味，出自福建籍华人之手。一种胡椒味浓的，有说是海南口味，有说是潮汕口味，出自海南华人或潮汕华人之手。关于这个争论，海南人与潮汕人互不妥协，至今还未有定论。在肉骨茶问题上，"搁置争议，共同开发"，新加坡的海南籍华人和潮汕籍华人做到了，倒是在国内，这个问题争议不断。依我看，华人到南洋时，新加坡还属马来西亚，海南人和潮汕人都是主力，胡椒这个口味，海南人和潮汕人都喜欢，说是哪一方发明的，都缺乏可信证据，这个知识产权，应该让海南人和潮汕人共享。

我们选了松发肉骨茶，这家店是胡椒口味，在当地颇有口碑。味道如何？还可以而已。肉倒是松化，也不柴，满满的胡椒味，但是，经过三个小时的炖煮，排骨的味道跑到汤里了，排骨倒像是粤菜老火汤里的汤渣，不蘸点酱油，还真没啥味道。汤倒是有肉味，当然还有药味和胡椒味，这种综合的味道，让人想起"五味杂陈"，实在与"好吃"难以沾边，忆苦思甜，想想当年华人在此谋生之不易，想想我们今天的幸福生活，倒是一道不错的怀旧美食。

排骨的主要成分是蛋白质和脂肪，与脊骨相连，所以有肉眼看不到的结缔组织。它的肌肉蛋白主要是负责持续发力的肌凝蛋白，肌凝蛋白外围包裹着一层胶原蛋白，富含脂肪，加热后胶原蛋白融化，这就是多汁口感和排骨风味的主要来源。

排骨因含结缔组织，所以烹饪时间要比猪肉更长，否则咬不动，但长时间的炖煮，会使排骨的风味物质和5%的蛋白质释放到汤里，剩余的蛋白质则还留在排骨里，所以排骨汤好喝，但没什么营养，炖煮后的排骨容易吃，但味道寡淡。

排骨的通常做法是红烧、糖醋、清蒸，既避开长时间的炖煮，将排骨美味留住，又让排骨容易咀嚼。而排骨汤，如著名的莲藕排骨汤，是让排骨的味道进到莲藕里，喝的是汤，排骨却被忽视了。肉骨茶的原理就是排骨汤的原理，这样做出来的排骨，怎么可能好吃？

吃过最好吃的排骨，是在洛杉矶的一个餐厅。请教了厨师，他们的做法是：1. 一整块猪肋排，抹上油、蒜泥、盐、黑胡椒、切碎的香草，为了防止末端较薄部分烧焦，这一部分用铝箔纸包上，腌制半小时。2. 将烤箱预热至120℃，将腌制的肉排放入烤箱烤两个小时，这时猪排内部温度达到60℃，胶原蛋白融化，就是多汁。3. 将猪排取出，包上铝箔纸，防止水分蒸发，静置15分钟。4. 将烤箱调至260℃，再将猪排放回烤箱烤10分钟后取出。这时的猪排，外酥里嫩，淋上苹果酱，猪排的外部发生美拉德反应，蛋白质分解为氨基酸，鲜香十足，加上苹果酱的甜，三种美好味觉联合冲击，脑壳都有点晕，鲜嫩的肉汁沿着嘴边流了出来，舌头外捞，手指帮忙截住再吮一口，难看的吃相掩盖不了美味的尽情享受，这才是排骨正确的做法。

当然，肉骨茶还是值得一试的。松发肉骨茶入门的那副对联，"美味常招云外客，清香能引月中仙"，颇有意思，贪吃的人，居然是"云外客""月中仙"，这种赞美，想想也令人舒服。

新加坡发记的鲍鱼

到新加坡，你会想起什么美食？肉骨茶？海南鸡饭？胡椒蟹？尽管这些都颇具新加坡特色，但发记潮州菜酒楼，却是必须去的！这家让美食家蔡澜赞不绝口的餐厅，已开了50多个年头，传到豪哥这里，已经是第二代。我到新加坡，蔡昊大师联系豪哥，给我们安排了一桌盛宴，其中的澳洲溏心干鲍，令人难忘！

鲍鱼，英文为 abalone，虽名为鱼，实属原始海洋贝类，单壳软体动物。中国人认为其形似包子，故名鲍鱼，古时还称其为鳆鱼，以其以"腹部"行走之故命名。西方人认为其形状恰似人的耳朵，所以英文也叫它 sea-ear，海耳，很是形象。鲍鱼通常生长在水温较低的海底，足迹遍及太平洋、大西洋和印度洋，只有北美的东海岸和南美洲沿岸各海域尚未见有鲍鱼分布的报道，但公认最佳产地为日本北部，我国东北部也是传统产区。在全世界已命名的216种鲍鱼中，分布在我国沿海的鲍鱼有7种，其中又以北部渤海湾出产的皱纹盘鲍和东南沿海的杂色鲍最为多见。鲍鱼的单壁壳，质地坚硬，壳形右旋，表面呈深绿褐色。壳内侧紫、绿、白等颜色交相辉映，珠光宝气，甚是漂亮。因这些特点，有些地方就将鲍鱼称为"镜面鱼""将军帽"。鲍鱼贝壳上都有从壳顶向腹面逐渐增大的一列螺旋排列的突起，这些突起在靠近螺层末端贯穿成孔，孔数随种类不同而异。在中国北方分布的皱纹盘鲍有4—5个，南方分布的杂色鲍有7—9个，给鲍鱼起名叫"九孔螺"，就是从它的这种特征而来的。

我们吃鲍鱼，吃的是鲍鱼那个软体部分，这是一个宽大扁平的肉足，鲍鱼就是靠着这粗大的肉足和平展的跖面吸附于岩石之上，爬行于礁棚和穴洞之间。鲍鱼肉足的附着力相当惊人，一个壳长15厘米的鲍鱼，肉足的吸附力高达200公斤，任凭风吹浪打，都不能把它掀翻。捕捉鲍鱼时，只能趁其不备，以迅雷不及掩耳之势用铲铲下，或将其掀翻，否则即使砸碎它的壳也休想把它取下来。这个力大无比的肉足，由纵横交错的结缔组织构成，主要成分是胶原蛋白，"坚韧不拔"就是对它最恰当的形容，那么，它的肉质也就可想而知了。

胶原蛋白在50℃时融化，肉质变软，但继续加热，温度升高，它又变硬，要再让它变软，必须经过长时间的炖煮。鲍鱼由纵横交错的胶原蛋白组成，换句话说，经过加热，外层的胶原蛋白达到50℃，开始融化变软，里层的胶原蛋白由于热量还没传导到位，依然坚如磐石。当里层的胶原蛋白达到50℃时，外层的胶原蛋白却因为温度过高而重新变硬。所以，烹饪鲜鲍，对温度的掌握极其重要，一般是切成薄片焯几秒，或者切刀花蒸，目的都是控制温度，让鲍鱼均匀受热。也有低温慢煮或长时间炖煮的，但由于时间过长，鲍鱼的风味物质会流失，吃起来有点像在嚼汤渣，这与鲍鱼"海中黄金"的称号确实格格不入。

鲍鱼生吃口感不佳，又硬又韧，都是结缔组织，想想牛筋，生吃的口感会如何？鲍鱼生吃味道也不尽如人意，新鲜的鲍鱼高蛋白低脂肪，是健康食品，但蛋白质占24%、脂肪占0.44%，蛋白质没有味道，脂肪是风味的主要来源，接近零脂肪，味道自然乏善可陈。加热可以让蛋白质分解为呈现鲜味的氨基酸，可是，鲍鱼过于饱满的胶原蛋白，会在加热后形成一层层网络结构，把鲜味氨基酸重重包围，味蕾捕捉不到鲜味，因此，煮熟的鲍鱼味道也不怎么样！

把鲜鲍制成干鲍，鲍鱼才显示出其非同凡响的本质：蛋白酶对蛋白质进行分解，产生鲜味的氨基酸，鲍鱼因此鲜美无比，经过浓缩，蛋白质上升为40%、糖原33.7%、脂肪0.9%，而糖原更带来甜味。蛋白酶对蛋白质进行分解，产生轻度水解，鲍鱼因此变得软糯，如年糕一般，这就是溏心！溏心鲍鱼技术原来只有日本人才掌握，温度和湿度的把控，盐分的参与，时间的转化，是核心技术，一般要经过九个月晾晒，三年的储存。日本海啸后，日本本土鲍鱼养殖场遭受破坏，他们便到澳大利亚、南非去养殖制作鲍鱼，这项溏心鲍鱼技术因此泄密，发记豪哥长期与日本鲍鱼家族打交道，掌握了这核心技术，到澳大利亚设厂，收购鲜鲍后制作溏心干鲍，让溏心干鲍价格也降了下来。据说，运用现代科技，通过提升温度，加速鲍鱼蛋白酶对蛋白质的分解和水解，溏心鲍鱼的制作时间也缩短至三个月，现在南非鲍鱼也可以做出溏心效果了。我国东北海域也是优质鲍鱼的产区，这里出产的鲍鱼做出溏心也应该没问题，但为什么没有呢？答案是，与澳大利亚和南非两个优质鲍鱼产区相比，我国的鲍鱼价格没有优势，但保鲜和物流链短却是优势，鲜鲍已经够赚钱了，没必要做成干鲍。不过，由于干鲍的高价格和制作技术的进步，我国现在也开始制作干鲍了。

鲍鱼是鲜鲍好吃还是干鲍好吃，这完全取决于制作工艺。在出现现代烹饪技术之前，前人对鲍鱼的认识，有趣得很。北宋神宗朝的一个底层官员杨延龄，在《杨公笔录》中说"余以闻鳆鱼之珍尤胜江珧柱，不可干致故也"，他认为干鲍不好吃！持同样观点的还有宋末元初学者周密，他在记载宋元之际的琐事杂言、遗闻轶事、典章制度、都城胜迹的《癸辛杂识》中说："余尝于张称深座间，有以活鳆鱼为献，其美盖百倍于槁干者。""槁干"就是干鲍，看来那时干鲍制作技术不行，最起码不是溏心。《汉书·王莽传》说："莽忧懑不能食，亶饮酒，啖鳆鱼。"忧郁之际，别的吃不进去，只能喝酒吃鲍鱼。《后汉书·伏湛传》记载："张步遣使随隆，诣阙上书，献鳆鱼。"张步是青州军阀，青州为东汉十三州之一，治所在今山东省淄博市临淄北。伏隆是大司徒伏湛的儿子，被刘秀任命为太中大夫，持节出使青、徐二州，招降各郡国。张步割据一方，但又还不至于与光武帝刘秀翻脸，便派孙昱随伏隆到洛阳请降，进献的礼物就是鲍鱼。王莽和刘秀当时吃到的鲍鱼，究竟是鲜鲍还是干鲍，没说。能让王莽喜欢，能给帝王做礼物的，估计味道相当不错。大美食家苏东坡在知登州时，作《鳆鱼行》一首，其中说鲍鱼"膳夫善治荐华堂，坐令雕俎生辉光。肉芝石耳不足数，醋芼鱼皮真倚墙。中都贵人珍此味，糟浥油藏能远致。割肥方厌万钱厨，决眦可醒千日醉"。这里面透露几个信息：一，做鲍鱼，要有好厨师；二，好厨艺做出来的鲜鲍鱼，味道相当不错，肉芝、石耳、酸菜、鱼皮之类，统统靠边站；三，鲍鱼保鲜，可用酒糟泡或油泡。可见干鲍不受苏东坡待见，原因也是那时的干鲍制作工艺不行。明朝太监刘若愚在《酌中志》中倒是提到了干鲍，说明熹宗朱由校"最喜用炙蛤蜊、炒鲜虾、田鸡腿及笋鸡脯，又海参、鳆鱼、鲨鱼筋、肥鸡、猪蹄筋共烩一处，恒喜用焉"，这是明朝版的佛跳墙，与海参、鲨鱼筋、猪蹄筋在一起，应属干鲍无疑，可惜这样炖煮出来的干鲍，也只是汤渣。大吃货袁枚在《随园食单》中说"鳆鱼炒薄片甚佳，杨中丞家，削片入鸡汤豆腐中，号称鳆鱼豆腐，上加陈糟油浇之。庄太守用大块鳆鱼煨整鸭，亦别有风趣。但其性坚，终不能齿决。火煨三日，才拆得碎"，其中所说的"陈糟油"，指以酒糟为原料制作的陈年调味品，"终不能齿决"，意思是牙齿很难咬断。不论是杨中丞家还是庄太守家，用的都是鲜鲍，没干鲍什么事。

干鲍从晒到藏，从发到入味，复杂得很，这些技艺，古人还没掌握，所以在他们口中基本跟好吃没关系。直到清末民初，粤菜兴起，干鲍才与"好吃"沾边。梁实秋在《雅舍谈吃》中说"广东烹调一向以红烧鱼翅及红烧鲍脯为号召，确有其独到之处"，"新鲜鲍鱼嫩而香，制炼过的鲍鱼味较厚而醇"，说干鲍"烹制之后，虽然仍有韧性，但滋味非凡，比吃熊掌要好得多"。干鲍晒出溏心，日本人做出了重大贡献，现在炆鲍鱼的做法，功劳要归香港"阿一鲍鱼"的杨贯一先生。新加坡发记豪哥，则在此基础上，运用现代技术，将澳洲鲍也做出溏心，并做成成品速冻，昂贵的鲍鱼变得更加亲民，这是个划时代的贡献。

豪哥七岁开始在厨房帮厨，深谙传统潮菜的秘密。除了把澳洲干鲍做到溏心，豪哥的潮菜，功夫更是了得。鸡茸燕窝，鸡茸吸收了上汤的油脂，既去腻，又增鲜。鸡胸肉剁到完全融化，这个刀工，谁愿意付出？用酸梅酱、酸菜、西红柿蒸鲳鱼，这真没吃过，三种酸把鲳鱼腥味掩盖，只剩下鲜，还十分开胃，西红柿还贡献了谷氨酸，鲜上加鲜。蒸鱼讲火候，均匀受热是关键，发记的蒸鲳鱼，往鱼肚子里塞了一只汤匙，把鲳鱼撑开，保证受热均匀。蚝烙是煎出来的，仿佛有隔餐蚝烙的香脆，原来豪哥用的是卤鸭熬出来的鸭油！有趣的是，发记还保留了潮汕某些地方上菜先上蚝烙的传统。炸肝花，除了汕头东海钟成泉大师傅愿意做，就只有发记还懂得做了，而一碟甜酱，更是自家炼出来的，不是简单的橘油……

随着潮汕人下南洋，潮州菜的一个分支出现在东南亚。海外潮人以他们的勤劳和执着，将潮州菜发扬光大。是晚，豪哥亲自下厨，还过来交流做菜心得。如此认真，菜想做得不好吃都难。

美国王品牛肉

老美嗜肉，尤喜牛肉，牛肉消费排世界第一。他们在家里把牛排一烤，再来几片面包、几片生蔬菜，就自觉满足。与中国潮汕地区把牛大卸八块，分各个部位打边炉不同，他们就是简单地在平底锅上将牛肉煎一下，这令我很"瞧不起"。不过，洛杉矶阿苏萨市的这家由中国台湾王品开的牛肉店，倒是讲究了许多。主打日本和牛和美国安格斯牛，做法上以生拌和炉端烧为主，值得一试。

这家牛肉店推出三种牛肉：日本宫崎牛肉、美国安格斯牛肉、美国和牛（日本牛和美国安格斯牛的混血）。宫崎县位于日本九州东南部，水草丰美，空气优良，所产牛肉有日本和牛降霜合理的优点。宫崎牛出名，还得益于当地人的广告天赋。日本的国技是相扑运动，影响力不言而喻。1986年开始，宫崎县每年都向相扑的优胜力士赠送一整头牛，一举扩大了宫崎牛的知名度。2011年，宫崎人又想了个新主意，使用70公斤宫崎牛肉制成世界上最大的牛肉汉堡，刷新了吉尼斯世界纪录。看来美食也要会推广，这与中国人酒香不怕巷子深是完全不同的理念。用宫崎牛生拌，吃到了牛肉的鲜甜，5A宫崎牛炉端烧，入口即化，香！

这家店主打的美国安格斯牛肉，也十分不错。与宫崎牛肉的柔软相比，安格斯牛肉就显得"艳丽"许多，香味更浓郁，肉中也带甜。安格斯牛原产于苏格兰东北部的阿伯丁、安格斯、班芙和金卡丁等郡，并因此得名。安格斯牛肉要在10℃以下冷藏10—14天之后，食用的口感最好。这主要是因为，牛被宰杀后，两个半小时内肌肉是放松的，这时肉质柔嫩，这是潮汕牛肉火锅好吃的原因。但过了这个时间，肌肉就会紧缩，发生尸僵反应：肌纤维耗尽能源，控制系统失效，引发蛋白质收缩，纤维便因此固定住，肉质变得僵硬。接下来，牛肉中的蛋白质纤维被蛋白酶分解，这就是熟成，肉质因此又变得柔嫩。没有经过冷藏的安格斯牛肉较韧，冷藏过度的较老，安格斯牛肉的这个特点刚好符合老美的饮食习惯：从超市买肉后放冰箱，吃时解冻。

牛肉好吃，越来越受欢迎，这点毋庸置疑，在我国，牛肉销量也悄然上升，仅排在猪肉后面。别看牛肉现在广受欢迎，在古代，直至清末民初之前，私自宰杀耕牛都是违法的事。而吃牛肉，如《水浒传》中描写的"切二斤牛肉，打一壶好酒"，则是作者通过吃牛肉表现绿林好汉们对政府法令的蔑视，也说明北宋末年社会的动荡、王法之不张。《旧唐书》记载诗圣杜甫："啖牛肉白酒，一夕而卒于耒阳，时年五十九。"一代诗圣，死因居然把牛肉牵扯进来了。古时牛肉一向被视为发物，吃牛肉也与不知养生联系起来。即便在西方，中世纪之前的家畜结构也与中国类似。羊和猪是主要的肉食，羊肉流行于人口稀疏、草场资源丰富的区域，猪肉流行于人口稠密、农耕发达的区域。这当中的原因只有一个：牛，是用来耕田的，吃牛肉，是饮鸩止渴的蠢事，所以必须禁止。

据魏水华老师考证，让牛肉真正流行起来的，是西方世界在14和15世纪遭遇的两次影响牛肉发展的大事件：黑死病和大航海。前者消灭了全欧洲三分之一的人口，后者又把大量欧洲人送往全球开拓殖民地。人口密度的降低，使从事农耕的劳动力不足，于是退耕还牧，把粮食改成牧草，养活了更多的牲畜，养牛因此普遍。大航海累积的巨额财富，更是推动了工业革命，机器把牛从田地里解放出来，越来越多地送到餐桌上。相比羊肉，牛没有奇怪的膻味，还有更高的蛋白质含量，能让人获得更多愉悦的饱腹感。随便一煎一烤，哪怕半生的状态也能有良好的滋味，牛肉因此成为西方世界的肉料主角。

世界上排得上名次的牛肉，日本最多，美国、加拿大、澳大利亚、新西兰、巴西、阿根廷、法国、意大利也有不错的牛肉，相比之下，我国的牛肉确实没他们好。这是为什么呢？

在大多数人的认知中，天然草场牧养的草饲牛，牛肉一定是上乘佳品，应该比养牛场规模化蓄养出来的谷饲牛牛肉更加美味、安全和健康，然而事实却要复杂得多。喂食天然新鲜牧草的草饲牛，牧草营养有限，饲养时间相对较长，达到成熟期通常需要三年时间。草饲牛尽管味道浓郁，但肉质精瘦，脂肪含量低，肌肉纤维丰富，这意味着口感既韧又难嚼。谷饲牛是幼牛送进饲养场后喂食谷物饲料，更丰富的营养，使其成熟时间至少缩短了三分之一，通常为一年半至两年，为了确保营养均衡，谷物饲料内含有大麦、小麦、高梁、玉米、燕麦等成分。谷饲牛的脂肪含量较高，脂肪均匀分布在肌肉组织中，这就是我们常说的大理石花纹或油花，因此肉质鲜美嫩滑，可以提供更丰富的味觉体验和口感。日本松阪和牛与神户和牛听音乐喝啤酒每天按摩长大，就是典型的谷饲牛，宁愿帮它们按摩，也要尽量让它们少运动，这样脂肪含量多，按摩使脂肪分布更均匀。至于听音乐使肉质更佳，我表示怀疑，这点忽悠老外可以，忽悠中国人不好使。我们的牛主要是草饲牛，所以没那么好吃！

另一个决定牛肉品质的是品种。欧美和日本以牛肉为主要肉类来源，经过多年的挑选和育种，有更佳的牛种，我们中国牛则主要是水牛、黄牛和牦牛，水牛和黄牛都是畜力牛，于食用方面，确实有所欠缺，尤其是不能如西方牛排一样稍微煎一下就可以吃。当然，水牛肉和黄牛肉两者还是有区别的，在《水浒传》里，凡是处理被蒙汗药麻翻了的客人，孙二娘总会教导她的助手"肥的做黄牛肉卖，瘦的做水牛肉卖"，黄牛肉脂肪含量高，既香又嫩，黄牛肉胜出！

不过不要紧，我国人多地少，也不适宜大规模养牛，进口价廉物美的牛肉，既是世界生产分工的需要，也可平衡贸易。至于我国牛肉，虽然不适合煎，但中华料理的十八般武艺，却又有更广阔的表演舞台。科尔沁草原的中国草原红牛，片成薄片的肥牛卷，纤维细腻，有着漂亮的大理石花纹，用来打火锅，再合适不过。延边黄牛肉质细嫩，汁水丰富，炭火炙烤，蘸取些海鲜酱酒调制的蘸料，入口的瞬间，牛肉汁水混合着蘸料的鲜香，在齿颊间炸裂。著名的兰州牛肉面，用张掖肉牛熬出透亮清汤，将面浸泡其中，裹挟着麦芽的香甜，飘散出难以复制的牛骨浓香。保定的牛肉罩饼，有点类似西安的羊肉泡馍，手撕大饼，配上几两切片的酱牛肉，浇上一勺牛肉老汤，一海碗吃下去，蛋白质与碳水的完美搭配，解馋又满足。湖北公安的牛肉炉子，就是牛肉火锅，新鲜的牛里脊肉，无须腌制，直接翻炒熟，和由牛油、辣椒、花椒等作料爆香的酱料一同炖煮至软烂，每一块肉都肉丝分明，酥烂的同时又富有嚼劲，裹着一层厚厚的红油，危险又勾人的颜色，正伺机给你的舌尖来个刺激反扑。我最喜欢的潮汕牛肉火锅，门口切肉门内涮，吃的就是牛肉的原汁原味，把牛大卸八块，一头牛身上的任何细微部位，都被潮汕人起了名字：吊龙、嫩肉、匙仁、匙柄、肥胼、三花趾、五花趾、胸口朥（方言，即脊[liáo]，脂肪）……每个部位的肉质，在烫的时间上，又有着微妙的不同……

一方水土养一方人，一方水土还养一方牛，不同地方的人喜欢不同的口味，不同品种的牛肉还适合不同的烹饪方法。来自中国台湾的王品牛肉，把美国、日本牛肉用美式、日式和韩式烹饪方法表现出来，恰到好处。如果哪一天也来个潮式牛肉火锅，那才叫惊喜！

（参考和引用资料：魏水华《羊肉那么香，欧美人为什么不爱吃》）

鲳鱼：你要了我的身，还「污」了我的名

在美国的超市看到白鲳鱼、金鲳鱼和刺鲳鱼，心中窃喜，尽管不见象征白鲳鱼新鲜的银白色鱼鳞，但仍见鱼鳃鲜红。白鲳鱼一磅才3.99美元，金鲳鱼一磅2.99美元，而刺鲳只要1.99美元。新冠疫情席卷全美，供应链出问题，海鲜价格大幅攀升，据我在美国的拍档肖总传回来的消息，白鲳鱼已经上升到14.99美元一磅，金鲳鱼4.99美元，刺鲳鱼3.99美元。看来，美国的物价也因疫情有了较大波动。

鲳鱼，英文叫pomfret，这是一个十分混乱的家族，包括了几个不同鱼类家族中的各种不同的鱼类，鲹科、鲳科、乌鲂科家族中的鱼类都有称为鲳鱼的，可以在东、西太平洋，以及大西洋的一些地区捕捞到，我国沿海均有分布，美国也非常多。这些鱼类体侧扁而高，

呈卵圆形或接近菱形。头小，吻圆，口圆小，吻稍突出。齿细小，两颌各有1列。背鳍长，臀鳍与背鳍形状相似，胸鳍较长，尾鳍分叉。成鱼腹鳍消失。以小鱼、甲壳类等为食，为近海中下层鱼类，肉味鲜美。最常见的白鲳，又称银鲳，河北、山东一带俗称"平鱼"，有的地方还叫"车片鱼"。由于刺极少，最适合小孩子和老年人食用。

银鲳（silver pomfret）是鲳科家族的成员，可谓根正苗红，主要分布于印度洋 – 西太平洋海域，西起波斯湾，北至日本北海道，东至印尼都能见到它们的身影。银鲳属于外洋性鱼类，但也喜欢栖息于沿岸沙泥质底海域，经常与金线鱼或对虾等海洋生物聚群生活。成年银鲳会以栉水母、海鞘和其他浮游生物为食，有着甘美而稠密的洁白肉质，十分细腻。产卵季一般在夏季，此时银鲳会成群靠近海岸，群游于中层海域，产卵后于秋天再游去外海，孵化后的幼鱼长至三厘米左右，即会游去外海。和带鱼一样，银鲳通常出水后便会死去，鱼鳞也会随之脱落，极难保鲜，从鱼鳞的完整度可以判断银鲳是否新鲜，鲜活的银鲳我没见过。银鲳已经可以人工养殖，野生的和人工养殖的价格相差很大，不过，决定银鲳鱼风味的第一因素，还是新鲜度。在美国买到的银鲳，看起来很新鲜，这种鱼，只要新鲜，便鲜甜无比。肉质细腻的鱼，不难入味，所以无须过度烹饪，清蒸或者用酱油水轻煮，取其原味足矣。一试，上当！其腥无比，连我这一不怕腥的海边人也难以接受。看来，美国超市里的银鲳，是远洋捕捞货，貌似新鲜，其实只是"金玉其外，败絮其中"。

中国鲳（pampus chinensis），就是大名鼎鼎的斗鲳，同属于鲳科鲳属，与银鲳相比，鱼鳍略宽，鱼尾较短，鱼身更加肥厚，大的个体可以超过五斤，肉质脆嫩细腻，富含脂肪，适合厚切干煎，属鲳鱼中的高级品种，尚无人工养殖，价格自然动辄每斤上百元，越大越贵。

布氏鲳鲹（trachinotus blochii）俗称金鲳，虽然叫作鲳鱼，但却属于鲹科，除了鱼鳍有明显的金黄色，金鲳鱼的特征还有泄殖孔长在鱼体中后部，而鲳科鱼的泄殖孔在中前部。金鲳鱼肉更加厚实，肌肉纤维更粗，口感不及银鲳和中国鲳细腻。金鲳鱼已经可以人工养殖，且产量较高，所以价格也便宜很多。美国超市的金鲳鱼，非常新鲜，这得益于金鲳比银鲳更易保鲜，价格便宜，去货率高，超市卖得快，也就更容易保证每天进新鲜货。我用它来红烧，规避金鲳鱼肉质较粗的缺点：在鱼身上划几刀，以便入味；用盐、料酒、胡椒粉、姜葱水腌制十五分钟；热锅下油，用大料、花椒、姜片爆香油后滤出留油；放鱼，中小火慢煎至两边金黄，这样鱼腥味基本去掉了；用姜丝、葱段、蒜片爆香，加酱油、一点点糖提鲜，加上汤，再把鱼放进去红烧，十分钟后转大火收汁上碟，很香，也鲜得很。

刺鲳（psenopsis anomala）俗称瓜核、肉鲫仔，属于长鲳科鱼类。鱼鳞极易脱落，所以往往卖相都不太好，肉质肥美但较银鲳松软，价格低廉，是非常大众化的食用鱼类。这种鱼太大众化、太便宜，所以没有人工养殖的价值，喜欢野生的，买它准没错。

在潮汕，鲳鱼属于优等鱼类，故有“好鱼马鲛鲳，好菜芥蓝薳，好戏苏六娘”之说，闽南沿海地区有句谚语“一鯃，二红魦（同鲨），三鲳，四马鲛，五鮸，六嘉腊”，鲳鱼更位列第三，连马鲛鱼都要往后排。这么好吃的鱼，却起了个不好听的名字，这是为什么呢？清朝海洋生物学家聂璜的《海错图》给出了答案：“鱼以鲳名，以其性善淫，好与群鱼为牝牡故，味美，有似乎娼，制字从昌。”聂璜这一说，依据是李时珍的《本草纲目》，“昌，美也，以味名……鱼游于水，群鱼随之，食其涎沫，有类于娼，故名"。古人认为，鲳鱼游动时，身体闪烁着银色的光，吸引小鱼跟随，而鲳鱼性情温和，即便小鱼舔食它的口水，也任吃不恼，好似娼妓身后追随着一群嫖客。鲳鱼真冤，华丽的外表，温柔的性格，来者不拒，这都不是它的错，况且，鲳鱼也没收钱，怎么就像"娼妓"了？

这一『腿』有问题

　　美国的华人超市与西人超市，卖的食物还是有很大不同，总的来说，华人超市的食品种类更多，而西人超市的加工食品更多一些，这多少反映了两个族群对待饮食的态度：华人为了美味，不怕辛苦，也追求复杂多样；西人尽量简单，不愿意在吃吃喝喝方面耗时耗力。仅仅是蔬菜这一项，在华人超市，你想象得到的蔬菜几乎都有，而西人超市，就是生菜、西红柿、土豆、甘蓝、西兰花那么几样，但有一种蔬菜是两类超市都青睐的，那就是蘑菇。

　　我喜欢用鸡腿菇炒肉片。将鸡腿菇切片焯水，这样鸡腿菇容易熟，也可以去除鸡腿菇的腥味；将瘦肉切片，用生抽、胡椒粉、料酒、生粉、花生油腌十分钟；起锅烧油，放姜片、蒜片、葱段爆香后，放肉片下去炒至八成熟，再放鸡腿菇下去煸炒五分钟，加入料酒、蚝油、酱油、盐、味精、葱，就可出锅。这道菜，鲜美无比，这主要得益于鸡腿菇所富含的游离氨基酸。在众多氨基酸中，谷氨酸、天冬氨酸、苯丙氨酸、丙氨酸、甘氨酸和酪氨酸这六种氨基酸能呈现出特殊的鲜味，这六种呈味氨基酸，鸡腿菇全都有。而且，它还含有核苷酸中的一种——鸟苷酸。再加上瘦肉贡献了谷氨酸，蚝油、酱油、味精贡献了谷氨酸和核苷酸，协同作战，不鲜才怪！

鸡腿菇，学名是毛头鬼伞，因其形如鸡腿，肉质似鸡丝而得名，在美国，它被叫作 king mushroom，直译就是帝王蘑菇。野生鸡腿菇分布于温带、亚热带潮湿地区，在雨后会迅速成长，多见于草地、树林，地面、树根旁。20世纪70年代，西方国家已开始人工栽培，80年代我国也人工栽培成功。由于鸡腿菇生长周期短，生物转化率较高，易于栽培，所以物美价廉。鸡腿菇菌盖呈圆柱形，靠水的膨压来撑住蕈株，水分占比达80%，外表皮层很薄，这种结构决定了它一旦离开土壤，水分流失很快。开伞后40分钟，边缘菌褶溶化成墨汁状液体，菌褶变色，由灰色变浅褐色再变黑色，子实体也变软变黑，同时菌柄变得细长，将完全丧失食用价值。所以，鸡腿菇也要尽量新鲜，辨认方法就是看颜色，以及是否结实，褐色、黑色、软身的，就是不够新鲜的。

各种食用菌，是大自然的馈赠，哪些可以吃？哪些有毒？不知多少前人付出了生命代价才辨认出来。中国乃至世界上最古老的论述菌菇的专著，是南宋陈仁玉撰写的《菌谱》，其中记述了浙江台州（今临海市）所产的十一种菇，可惜没有鸡腿菇。古人把菌也叫蕈、菰，现在我们少用"蕈"字。人们对食用菌，有一个认识过程，明代博物学家谢肇淛在《五杂俎》中说："菌蕈之属多生深山穷谷中，蛇虺之气熏蒸，易中其毒。"他把毒菌的毒素归到毒蛇身上，就荒唐得很。对生物的认识态度，李时珍就慎重得多，不过也有不够认真的时候，比如说到鸡腿菇，他在《本草纲目》的"蘑菰蕈"条里就说"俗名鸡腿蘑菰（即蘑菇），谓其味如鸡也"，这个表述也不准确，鸡腿菇并没有鸡味，名字来源也是因其形似而不是因其味似，如果是因味相似而命名，那应该叫"鸡肉菇"才对。

对菌的评价，一向是好评如潮，最权威的评价来自李渔，他在《闲情偶寄》中说"陆之蕈、水之莼，皆清虚妙物也"。将菌与莼菜相提并论，"清虚"二字用得实在是绝，菌菇类味道确实清香，还鲜得很纯粹，还有点缥缈，难以捉摸，这才"迷人"！怎么做才好吃？这个要看大吃货袁枚的说法："蘑菇不止作汤，炒食亦佳。但口蘑最易藏沙，更易受霉，须藏之得法，制之得宜。鸡腿蘑便易收拾，亦复讨好。"他说鸡腿菇洗起来方便，做起来也简单，这个说法很靠谱！明朝太监刘若愚在记述熹宗朝宫中生活的《酌中志》中说，宫里的珍味"素疏则滇之鸡枞，五台之天花羊肚菜、鸡腿银盘等蘑菇"，这里刘若愚提到了鸡枞、羊肚菌和鸡腿菇。木匠皇帝明熹宗，将朝政交给魏忠贤，自己热衷于木工活儿，也特别喜欢鸡枞菌，喜欢到皇后也没得吃，将鸡腿菇与鸡枞菌并列，看来鸡腿菇也是皇上的所爱。

袁枚在《随园食单》中有一处记述，疑似也说鸡腿菇："炒鸡腿蘑菇：芜湖大庵和尚，洗净鸡腿，蘑菇去沙，加秋油，酒炒熟盛盘，宴客甚佳。"

这是鸡腿炒蘑菇，但我认为这是一个错误，理由如下：

一，大庵和尚怎么吃起鸡腿了？即便只是宴客，自己不吃，但鸡腿无论如何也不能出现在佛门餐桌上，除非是花和尚。

二，这个菜出现在"杂素菜单"系列里，如果是鸡腿炒蘑菇，应该出现在"羽族类"，那里鸡肉的做法有二十几种，而且确实也出现了"鸡肉煨蘑菇"这个食单，如果是，应该在这之后就是"鸡腿炒蘑菇"，不可能放到"杂素菜"里。

三，在《随园食单》素菜这一系列，最多就是下了鸡油和虾米，均未见肉，突然来个鸡腿炒蘑菇，也不连贯，违反逻辑。

四，鸡腿怎么炒啊？要炒也要剔骨切肉片，或者斩件炒，这里是整个鸡腿与蘑菇同炒，估计鸡腿炒熟时，蘑菇已经找不到了！

所以，正确的表达应该是："芜湖大庵和尚，洗净鸡腿蘑菇，去沙，加秋油、酒炒熟盛盘，宴客甚佳。"

字没错，标点符号加错了！古人没有标点符号，后人把逗号加在"鸡腿"后面，就变成鸡腿炒蘑菇，正确的标法应该是把逗号加在"蘑菇"后面，就是炒鸡腿蘑菇，与菜单里的目录一致。这个错误，是后人的错误。

这一"腿"，问题很大。看来，给古代美食著作作注或者编辑，没有点美食知识，还真不行。

瓜儿为什么这么甜

　　在美国买东西，不满意就可以退货，不需要理由。有一次在超市停车场，看到有人往车里搬西瓜，不小心掉到地上，居然捡起来拿到退货处，超市还真给他换了一个，奇了怪了。美国超市里的西瓜，奇大无比，华人开的超市，称重卖，但他们的称最大就是30磅，超过了就按30磅来算价钱。美国人开的超市，直接按个卖，大小都一个价钱。

　　但西瓜不是以重为好，甜不甜才是关键。作为一名合格的"吃瓜群众"，不懂挑西瓜，不搞清楚西瓜味甜的来龙去脉、前因后果，还真不易吃到好西瓜。

　　西瓜的原生地在非洲，它原是葫芦科的野生植物，后经人工培植才成为现在的食用西瓜。早在四千年前，埃及人就种植西瓜，传入中国的路径，大概是先到地中海沿岸，南下进入中东，由西域传入中国，所以称之为"西瓜"。至于到美国，那就很简单了，随着地理大发现，欧洲移民带进美国，时间短得很。

但西瓜是何时传入中国的，争议很大。一种说法是唐朝后的五代，依据是李时珍在《本草纲目》中的记载："峤征回纥得此种归，名曰西瓜。则西瓜自五代时始入中国；今则南北皆有。"李时珍这一说法，又源自欧阳修《新五代史·四夷附录》"契丹破回纥得此种，以牛粪覆棚而种，大如中国冬瓜而味甘"，古人总把甜叫作"甘"，这个峤（胡峤）是五代后晋时期华阳（今安徽绩溪华阳镇）人，当时胡峤是后晋同州郃阳县令，辽大同元年（947），他作为宣武军节度使萧翰掌书记随入契丹，后萧翰被告发谋反被杀，他则作为俘虏居契丹七年，写成记述契丹地理风俗的《陷虏记》数卷。在《陷虏记》里就记载："自上京东去四十里，至真珠寨，始食菜。明日东行……遂入平川，多草木，始食西瓜。云：'契丹破回纥得此种，以牛粪覆棚而种，大如中国冬瓜而味甘。'"胡峤于953年逃归中原，但他有没有带西瓜或西瓜种子回来？没有证据！追本溯源，胡峤只是说他在契丹吃到了西瓜，听说是从回纥引进的，仅此而已！李时珍说胡峤带了西瓜种子回来，属于添油加醋，自由发挥，以此说西瓜于五代引进，证据不足。

反而有证据证明西瓜到中国，时间更早。唐代段成式的《酉阳杂俎》卷十九记载了沈约（南朝梁开国功臣，政治家、文学家、史学家）的《行园》诗："寒瓜方卧垄，秋菰正满陂。紫茄纷烂熳，绿芋郁参差。"从诗中谈到的寒瓜卧垄的时节看，正跟西瓜相符，有理由推测，沈约所说的"寒瓜"，可能就是西瓜。1976年，广西贵县西汉墓椁室淤泥中发现了西瓜子；1980年，江苏省扬州西郊邗江县汉墓随葬漆笥中出有西瓜子，墓主卒于汉宣帝本始三年（前71年）。这些出土文物证明，西瓜至迟在西汉就到了中国。

西瓜自汉代就传入中国，但为什么没什么人提及呢？特别是唐朝，大量的唐诗，也未提及，那时的文人，大凡吃到点好吃的，总忍不住写上几句。我的推测是，那时的西瓜不甜，不受待见，所以没有广泛推广种植。西瓜从野生品种的又小又淡到今天的又大又甜，是科技干预和植物不断进化的结果。大量种植西瓜，要等到南宋，在此之前，当一名吃瓜群众还不太容易。南宋官员洪皓出使金国，被金国扣留长达十五年，到1143年才得以归国，洪皓归来时，带回了西瓜种子，开始在中原地区和杭州等地种植。洪皓在他所著的《松漠纪闻》中明确写道："西瓜形如扁蒲而圆，色极青翠，经岁则变黄，其瓤类甜瓜，味甘脆，中有汁尤冷，尝携以归。"

西瓜历尽千辛万苦才到中国，变成今天这么甜也不容易。西瓜的甜味哪儿来的呢？西瓜的甜来自西瓜的糖分。西瓜的糖分主要是葡萄糖，但决定西瓜甜不甜的却是含量不占主要成分的蔗糖。糖分的形成与品种、产地有关，而产地的光合作用、昼夜温差、土壤的 PH 值（即酸碱度）又决定了糖分生成的多少。新疆、甘肃、山东、江苏等地在西瓜结果时昼夜温差大，所以这些地方的瓜甜。同一个地方，PH 值在 5—7 的弱酸性砂质土壤中生长的西瓜更甜。

如何选到甜西瓜？据传选甜西瓜有各种不同方法，但有些并不靠谱。说西瓜底部的圆圈越小越甜。这个圆圈是花冠脱落时留下的痕迹，只说明了花的大小，与糖分没关系！说看西瓜蔓，弯曲的才甜。西瓜蔓的结构是纤维管束，有极强的韧性，能屈能伸，不论是弯曲的，还是直的，送进西瓜里的碳水化合物都一样，与甜度也无关！最靠谱的还是拍西瓜听声音，声音沉闷有明显震感的就是甜西瓜，这是因为：在果实发育初期，纤维素会相对发达，可以起到支撑果实形态的作用；到了果实成熟时，在纤维素酶的作用下，西瓜果实中的纤维素被降解，有些细胞甚至脱离了纤维素编织的网，成了分散的细胞，这也是熟透的西瓜有"沙"的口感的原因。这种形态上的改变，会影响敲击时持续振动的变化，就是沉闷的声音和震感！

现代人的口味偏好已经不喜欢太甜，但对甜瓜西瓜，却是例外，还想方设法让它们表现得更甜，比如冰镇西瓜，除了解暑，还有一项任务就是让它更甜。为什么冰镇西瓜更甜？那是因为，果糖有两种分子结构，α 型分子只有 β 型分子甜度的33%，当温度低于40度时，温度越低，两者的平衡越会向 β 型果糖方向靠拢，"近朱者赤，近墨者黑"，不太甜的 α 型分子向甜的 β 型分子靠近，可达原来甜度的1.73倍，所以更甜。让西瓜更甜的方法还有蘸盐水吃，那是因为所有的水果都含有果酸，蘸点盐可以盖住酸，就突出了甜；同时，咸和甜在味觉上起到强烈的对比效果，咸味突出了甜味，厨师们有句话，"要想甜，加点盐"，就是这个道理。

甜西瓜到了南宋时才大量种植推广，这时候吃瓜群众自然多了起来，咏西瓜的诗词也就多了起来。与杨万里、陆游齐名的南宋诗人范成大就写道：

碧蔓凌霜卧软沙，
年来处处食西瓜。
形模濩落淡如水，
未可蒲萄苜蓿夸。

他吃到的虽然是沙地西瓜，可惜却不甜，被他以"淡如水"臭骂了一顿，估计是还没熟的缘故。

以五言诗出名的宋朝江苏诗人顾逢写道：

多处淮乡得，天然碧玉团。
破来肌体莹，嚼处齿牙寒。
清敌炎威退，凉生酒量宽。
东门无此种，雪片簇冰盘。

他吃的是冰镇西瓜，而且是边喝酒边吃西瓜的，说吃西瓜可使酒量大增。也对，西瓜主要成分是水，喝酒时吃西瓜，相当于多喝水，可以稀释酒精，所以不易醉；甜的东西令酒后肠胃更舒服，所以也能多喝点，尽管与解酒没什么关系。

写西瓜写得最好的，还应算文天祥的《西瓜吟》：

拔出金佩刀，斫破苍玉瓶。

千点红樱桃，一团黄水晶。

下咽顿除烟火气，入齿便作冰雪声。

长安清富说邵平，争如汉朝作公卿。

　　文天祥也爱吃西瓜。这首诗就是教你如何吃西瓜的：拔出刀，一刀两半，开吃，就这么简单。不过，作为大文豪，不能光是吃啊。所以，在诗的末尾两句，文天祥点到了秦末东陵瓜的种瓜鼻祖邵平。邵平看管秦东陵，被封为东陵侯。刘邦夺得天下以后，邵平不愿意当官，就在东陵种瓜。在这里，文天祥以西瓜赞美邵平：有这么好的瓜吃，卖瓜还能大富，谁还想在汉朝当官啊！文天祥认为，邵平种的瓜就是西瓜，如果此说成立，西瓜引入中国，还可以往前推到秦朝。这诗写得极好，可评西瓜诗中第一。看来文天祥不仅充满正气，还很懂生活，不错不错！

桃李满天下

美国的李子，有绿色的，也有深紫色的，他们叫plum，译成中文就是李子，卖水果的根据发音翻译成布林，以示与李子的区别，方可卖出好价钱。其实，布林即李子，李子即布林！

美国李子与中国李子确实大不同，美国李子个儿大，味甜，中国李子个儿小，味酸。这种区别，缘于李子糖分和果酸的含量不同，更深层次的原因，是气候、土壤的不同，以及科学技术对李子果树干预的结果。我这里并没有美国月亮比中国圆的意思，水果的口感，就是酸甜度的平衡，有人喜欢酸，有人喜欢甜，萝卜青菜，各有所爱，一定要分个谁优谁劣，众口难调，容易得罪人。

李，是蔷薇科、李属木本植物，它在中国还有好多种叫法，比如玉皇李、嘉应子、嘉庆子、山李子等。有一种用李子做的果脯蜜饯，就打着"嘉应子"的名，如果叫"李子"，肯定掉价。不论中国李子还是美国李子，对种植条件要求都不高，容易种植，随处可见，真的是"桃李满天下"。我家后院就有一棵，加州的阳光充足，每天花园自动喷淋，不需要施肥，每年的收成都很好。

美国没什么文化渊源，不像博大精深的中华文化，随便哪种蔬菜水果，都可以用来说事。比如李子，我们把"桃李"用于指学生。这典出汉朝《韩诗外传》："魏文侯之时，子质仕而获罪焉，去而北游。谓简主曰：'……夫春树桃李，夏得阴其下，秋得食其实；春树蒺藜，夏不可采其叶，秋得其刺焉。由此观之，在所树也。今子所树非其人也，故君子先择而后种也'。"这段话的大意是：春秋时，魏国有个叫子质的大臣，他得势时曾保荐过很多人。丢官后他只身跑到北方，见到一个叫简子的人，他向简子发牢骚，埋怨自己过去培养的人在他危难时不肯帮助他。简子听后笑着对子质说："春天种了桃树和李树，到夏天可在树下纳凉休息，秋天还可吃到可口的果实；可是，如果你春天种的是蒺藜，到夏天就不能利用它的叶子，而秋天它长出来的刺反倒要扎伤人。你过去培养、提拔的人都是些不值得保荐的人。所以君子培养人才，就像种树一样，应先选好对象，然后再培植啊！"

有一个成语，"桃李满天下"，典出白居易《奉和令公绿野堂种花》：

绿野堂开占物华，

路人指道令公家。

令公桃李满天下，

何用堂前更种花。

这里说的"令公"，指的是唐朝宰相裴度。"绿野堂"是裴度的住宅，故址在今天的河南省洛阳市南。裴度当时任中书令，刚盖好新房子，白居易是他的下级官员，关系还很好，所以写了这首诗，其大意是：绿野堂建成之后，占尽了万物的精华，路人都是什么样的反应呢？都指着宅子说这是裴令公的家呀！裴令公您早已经是桃李满天下，哪里还用得着在门前屋后种这么多的花儿呢？只能说，白居易夸上司的功夫甚是了得，裴度看到这首诗，不喜欢他才怪！

另一成语"瓜田李下"，则典出古乐府《君子行》：

"瓜田不纳履，李下不整冠。"意思是：经过瓜田，不弯下身来提鞋，免得人家怀疑你摘瓜；走到李树下面，不举起手来整理帽子，免得人家怀疑你摘李子。现代人大多数早已远离农耕生活，但瓜田李下的事并不会少，而且，多数不是别人怀疑，而是自己找来的。

李子表面有一层白白的东西，这与葡萄上面一层疑似白霜的是同一种东西，我们怕它是积聚日久的灰尘，总想努力清洗掉。这层貌似白霜的东西，叫齐墩果酸，是护肝良药，好东西来的，不用洗掉。其实你想洗也洗不掉，因为齐墩果酸不溶于水，倒是溶于乙醇，真想清洗干净，那就用酒吧。李子的涩来自其自身带的鞣酸，也叫单宁酸，具有抗氧化功能，李子含有丰富的类胡萝卜素，经过肠壁可以被我们身体的消化酶分解为维生素 A，具有护眼功能。传说中李子不能与蜜同食，不能与雀肉甚至家禽肉同食，纯属胡说八道，毫无科学依据。至于多食会致胃病，这是对的，李子含有大量的果酸，吃多了会导致胃酸过多。再好吃的东西也不能多吃，人参都不行，不要说是李子了。

现代人，物质并不缺乏，控制食量才是当务之急。胖子与瘦人的区别就是，瘦的人吃两口就饱，胖子是饱了再吃两口。控制住自己的欲望，适可而止，这个道理，不仅仅适用于吃吃喝喝。

万般满足是龙趸

到美国华人超市买菜，刚好碰到在宰杀一条20多斤的加拿大龙趸，它身首分离但头还在动，只能用"生猛"二字来形容，而且，价格还算便宜，鱼排一磅9.99美元，折合人民币约70元一斤，鱼头一磅7.99美元。刚好还有我喜欢的肚腩位，这简直是喜从天降，赶紧切下一块。

第一次吃加拿大龙趸，不知肉质和味道与国内的有何区别，保险起见，一分为二，一份清蒸，一份用凉瓜焖。

将龙趸肉用盐抹一下，直接下手，才能抹得均匀又少盐。盘中放进一双分开的筷子，将龙趸肉架在上面，这是为了便于蒸汽均匀地给龙趸肉加热。姜丝和葱段均匀地铺在龙趸肉上面，入蒸锅蒸八分钟。蒸好的龙戽下面有鱼汁，把它倒掉，抽出筷子，将姜和葱拣出来扔掉，这些汁和姜葱都有腥味，不要觉得可惜。铺上葱丝，将烧至冒烟的热油淋在葱丝上，再将蒸鱼豉油淋在鱼上。蒸鱼要突出鱼的嫩滑口感，对蒸鱼时间的把握是关键，时间一过，鱼肉蛋白质收缩，鱼汁被大量排出，表现出来就是柴。均匀受热的关键是把鱼架起来，有了空间，蒸汽才能传热；否则，只能靠鱼肉自身传热，当里面的肉熟的时候，外面的肉已经老了。架起后蒸出来的龙戽，细腻嫩滑，在舌尖轻轻滑过，鲜中带着一丝丝甜，让人忍不住一筷子接着一筷子，停不下来。我们的味蕾细小得很，它们只对小分子食物有识别能力，天生欢迎细腻和嫩滑，而面对粗和硬，它们会对大脑发出"我不喜欢"的信号，大脑于是发出"这东西不好吃"的指令。让味蕾和大脑喜欢，这是蒸鱼的诀窍。

凉瓜焖鱼，这是粤菜的做法。广府人说话讨个吉利，将苦瓜叫"凉瓜"，因为叫"苦"不吉利。将龙戽鱼切块，用盐、料酒腌十分钟，拍上干淀粉，让鱼块裹上薄薄的一层淀粉，目的是防止鱼肉里的汁液被排出；把油烧至约210℃，将鱼块炸至八成熟，就是表面略有焦黄色后捞起；苦瓜切块，在开水里焯5分钟，这一步是为了去掉有苦味的苦瓜甙和苦瓜素，同时也让苦瓜基本煮熟了，减少下一步焖苦瓜的时间，防止鱼肉变老；起锅烧油，放姜片、拍蒜和葱白段爆香后，将焯过水的苦瓜放进去煸炒，再将炸过的龙趸鱼块放进去，加水、蚝油、酱油、盐，中火焖5分钟后收汁上碟。焖鱼的关键是让鱼和苦瓜入味，炸过的鱼发生美拉德反应，无味大分子的蛋白质分解为鲜味的小分子氨基酸。经过焖煮，鱼的鲜味和蚝油、酱油的酱香味和鲜味进入苦瓜中。又炸又焖的龙趸鱼带着浓香，厚厚的、糯糯的皮是满满的胶原蛋白，一大口下去，真有一种满足感，这很好地诠释了"趸"字——"万"般满"足"。

龙趸，学名巨石斑鱼，归石斑鱼类，属超大型的一类，生活在暖水型和热带的珊瑚礁一带。从几十斤到上百斤不等，野生的龙趸鱼一年长半斤左右，人工养殖的一年可以长四斤。巨型鱼类的肉一般都很粗，这是因为它们需要长距离快速奔袭，生就了一身粗纤维的肌肉。但龙趸是个例外，它们常年生活在静谧海洋深处的珊瑚礁一带，安逸得很，运动量少，并且以鱼虾为食。这样独特的生活环境和生活习性，使得龙趸有着细嫩的肉质、鲜美的味道。

把巨型石斑取名龙趸，很考究。龙为海中之王，这与龙虾的巨无霸形象甚是匹配，"虾"是"大批、大量"的意思，清代史学家、戏曲家，顺德人梁廷枏在以广州为地点，记述鸦片战争前后的史学著作《夷氛闻记》卷一里说："每千六百八斤为一虾。"这个字现在很少用，香港人倒是常用这个虾字，"拥虾"意指时间长且立场坚定的粉丝，"监虾"意指刑期长的监犯。香港人也特别喜欢吃龙虾，各种龙虾的烹饪手法，丰富多彩。除了清蒸和苦瓜焖，还有龙虾打边炉、龙虾刺身、焖龙虾腩翅、天麻石斛炖虾头、生炒芥蓝龙虾球、古法蒸龙虾、砂锅花雕啫龙虾球、避风塘炒龙虾球、香煎龙虾扒、翅汤浸龙虾、凉拌龙虾皮、顺德粥水浸龙虾鱼腩柳……接近原产地，对龙虾的深刻认识，是粤菜善烹龙虾的原因，也是粤菜师傅对龙虾的最大尊重。

我遇到的这条加拿大龙虾，是华人的叫法，给它标的英文是"ling cod"，直译是菱鳕，归鳕鱼一类。查了一下资料，菱鳕生长于大西洋的西北部和东北部，地中海西北地区的温带水域，鱼身细长，沿着背部和两侧的鱼皮呈现红褐色的大理石花纹状，它有鳕鱼典型的三个背鳍，在第一个背鳍后面有一个明显的黑斑。加拿大的华人以香港人为主，他们吃到这种鱼，口感和味道很像龙虾，所以就叫它"加拿大龙虾"。在这方面，还真不适合较真儿，约定俗成的叫法，生物学家都必须尊重，何况我不是生物学家。

美国超市里的深海大鱼往往很诱人，巨大的鱼切成块放在冷藏柜里，这些我们心目中很名贵的鱼，价格却很亲民，但不懂买不懂煮的却往往弄出很大的腥味，给人一种深海鱼很腥的错误印象。鱼的腥味主要是因为不新鲜引起的，鱼的风味除了来自甘氨酸和谷氨酸，还来自一种名为氧化三甲胺的胺类化合物，鱼被宰杀后，细菌和鱼体内的酵素会把氧化三甲胺转换成三甲胺，这便是腥味。所以，买足够新鲜的鱼，是避免鱼腥的第一步。

今天也有遗憾，龙趸的最好部位为鱼扣，就是鱼的胃。但面对售货员，搜肠刮肚也找不到鱼扣的英文怎么表达，一番比画，仍然鸡同鸭讲，只好作罢。书到用时方恨少啊！

美国梭子蟹

到美国华人超市，看看能否再碰到刚开刀的龙趸，很遗憾，没有。但碰到了张牙舞爪的生猛青花蟹，就是生长在美国的梭子蟹。6.99美元一磅，还是不带绳子的。挑选了三只母蟹，每只在四两左右，蟹身硬如石，无法用手按压，这说明蟹肉足够饱满，从蟹壳里的胭脂红判断下面膏肥肉满。

回到家，先是把张牙舞爪的大蟹脚卸下，再一番清洗，揭开蟹盖，确实是完美的膏肥肉满。将蟹身一分为四，裹上薄薄的一层淀粉，以防蟹膏脱落。起锅烧油，稍微煎一下，饭店里直接用油炸，在家里就省着点，用油煎就可以了，毕竟，炸过螃蟹的油怎么处理，还真是个难题，用来炒菜，有一股海鲜味，并不是每种菜都能搭配得上，倒掉又太浪费了。姜和蒜切片，葱切段，姜、蒜、葱白爆香后，把煎过的青花蟹倒进锅里，一番猛炒，加上料酒、生抽、盐和葱叶，上碟。

梭子蟹有漂亮的花纹，广东人因此把梭子蟹叫作花蟹，美国的梭子蟹，颜色偏青蓝色，这里的华人把这蟹叫成青花蟹，是随广东人的叫法，再加上其与国内梭子蟹不同的颜色，属于创造性的一个叫法。生活在不同环境的梭子蟹会有不同的颜色，美国的梭子蟹，生活在沙底，颜色较浅并带有青蓝色，我们国内海域的梭子蟹，生活在藻类中，颜色较深。这是因为梭子蟹要与它们所生活的海床融为一体，形成保护色，这样才不容易被猎物和敌人发现。梭子蟹的这些颜色，是它们吃下含有类胡萝卜素、虾青素的浮游生物后，这些颜色明亮的色素接上梭子蟹的蛋白质分子，改变了颜色，形成梭子蟹的保护色。美国梭子蟹的青蓝色，是一种数量过多的蛋白质与虾青素结合从而形成虾青蛋白导致的，这个东西就是偏蓝色的。不过，无论什么颜色，一旦经过加热烹煮，蛋白质分子重构，类胡萝卜素被析出，蟹壳自然还原成明亮的红色。

梭子蟹在0—6℃时，不摄食，昼夜潜砂，呈休眠状态；在8—10℃时开始停止摄食，活动力弱，潜伏在

$$RCH(NH_2)COOH \qquad R-\overset{\overset{\displaystyle H}{|}}{\underset{\underset{\displaystyle NH_2}{|}}{C}}-COOH$$

深水处；在14℃时，摄食量卜降，开始向深水区移动，活动正常；在15—26℃时，摄食量大，活动正常，生长快；在17—21℃时，达到交尾高峰期，母蟹开始有蟹黄。现在的气温，正是梭子蟹抱卵的时候，即便不会挑选，随便挑也不会太差。蟹肉洁白细嫩，膏似凝脂，味道鲜美至极，尤其是两钳状螯足之肉，呈丝状而带甜味，蟹黄色艳味香，食之别有风味。梭子蟹的鲜甜，缘于其含有超高浓度的核苷酸，以平衡海水的盐分；而不论蒸、煮或爆炒，都有类似坚果和爆米花的香气，是因为蟹肉中的氨基酸与糖类分子在高温下发生反应，产生了 pyrazine（吡嗪）与 thiazole（噻唑）类分子，这是甲壳类海鲜的共同优点。

荀子在游学齐国时的名篇《劝学》里写道"蟹六跪而二螯，非蛇鳝之穴无可寄托者"，这里的"跪"，指的是蟹脚，为什么是六只脚两只螯呢？实际上所有的螃蟹都属于十足目，应该是"八跪二螯"。这可以从梭子蟹的英文名 swimming crab 里找到答案，西方人把梭子蟹叫"游泳蟹"，梭子蟹会游泳仰仗于它退化的第四对步足，演化成了游泳足，掌节与指节形状好似船桨。它们通常用前三对步足的指尖在海底爬行，用最后一对游泳足划水迁徙、躲避天敌或掘沙来隐藏自己，于是梭子蟹又被叫作游泳蟹和渡蟹。荀子文中所说的蟹就是梭子蟹，他把梭子蟹的那对游泳足排除在外了。

我国沿海一带都产梭子蟹，山东半岛、辽东半岛、渤海湾都有大量出产。我们平时食用的梭子蟹，主要有以下几个品种：

三疣梭子蟹，又叫枪蟹、白蟹，因蟹壳有三个明显的疣突而得名，是市面上最常见的梭子蟹品种。每年春末和冬季交配季出产的雌蟹最为肥美，抱卵大雌蟹又叫石榴黄。三疣梭子蟹蟹肉洁白，肉质细嫩，口感清甜。美国的梭子蟹，就属于三疣梭子蟹，只是披着青蓝色的外衣而已。

远洋梭子蟹，又俗称兰花蟹、花脚仔，主要特征是头胸甲表面密集的花白云纹，雄性螯足为深蓝色或深紫色并带有白色斑点，口感比三疣梭子蟹略微逊色。

红星梭子蟹，又俗称三点蟹、三目蟳、红点泳蟹，壳体呈灰绿色，最显著的特征是头胸甲下方有三个眼斑，体型比同科的梭子蟹略小，口感与上面两种梭子蟹相比较平庸，价格最为便宜。

锈斑蟳，又俗称红花蟹、火烧公、十字蟹，锈斑蟳体侧没有长长的棘，整体更紧凑方正，头胸甲上有醒目的十字样花纹。为梭子蟹中的上品，肉质口感非常出众，由于难以保鲜和长途运输，且被高档餐厅追逐，价格很高，潮州菜中的冻红蟹，就是它。

把梭子蟹这么一分类，就清楚了。看古人的记载，蟹一般指河蟹，梭子蟹对应的是"白蟹"或"蟳"，这两种叫法，现代人还在用。南宋洪迈在《容斋随笔》中评论台州府临海县令吕亢的《蟹谱》所列举的12种蟹后发问："而所谓黄甲、白蟹、蟳、蟹诸种，吕图不载，岂名谓或殊乎？"这里的"白蟹"和"蟳"指的就是梭子蟹，吕亢的《蟹谱》确实没有画出来，台州临海县也产梭子蟹，这个遗漏，不应该。

常常有人拿各种蟹做比较，究竟是哪种蟹更好吃，意见还很难统一。螃蟹家族如此繁杂，非要分个子丑寅卯，难不难受？我想，真正的螃蟹爱好者，应该是因时因地而食，到哪个地方，当季当地的螃蟹，就是最好的选择，于美食方面，得陇望蜀，真不是什么好习惯，享受当下，也是一种乐趣，这个道理，不独适用于吃蟹！

蒲烧鳗鱼饭

家里"领导"是蒲烧鳗鱼的狂热爱好者，来到日本，当然少不了吃蒲烧鳗鱼饭。

大阪黑门市场，其实就是一条小吃街，各种日本料理沿街摆卖，很是诱人。那里的鳗鱼饭：一个一次性使用托盘中，几口饭上面摆着三大片蒲烧鳗鱼，这是最简易版的，折合人民币60元一份，可以坐下来吃，也可以边走边吃。

京都的广川鳗鱼饭，是关西最好吃的鳗鱼饭，位于京都市右京区嵯峨天龙寺北造路町44-1号，乘坐京福电铁岚山本线，到了岚山站下车，顺着大路向北走，到达嵯峨野竹路庵后向右走，看到长长的队伍就到了。这家店是米其林一星，一般不接受预订，排队等候一个小时算少的，三个小时属于正常。广川的鳗鱼，养在嵯峨野的地下水中，借以除去鳗鱼的土腥味，烧烤用的是最高级的纪州备长炭，无烟熏味，但却有清淡香气，酱汁也是代代相传的"秘方"加"老汁"，又香又浓，鳗鱼套餐折合人民币大约260元一份，算是物有所值。

日本人痴鳗，把鳗鱼吃出了花样、吃出了水平。日本传统的鳗鱼料理，有鳗鱼三明治或鳗鱼汉堡、鳗鱼米饭团、鳗鱼扁豆色拉、鳗鱼盖浇饭、拍鱼肉、鳗鱼饭、白烤鳗、鳗鱼散、鳗鱼海带卷、混煮鳗鱼、茶浸鳗鱼、鳗鱼米饭卷十二种，而鳗鱼饭是其中最被人称道的。鳗鱼饭的鳗鱼，都是要经过烤的。"蒲烧"和"白烧"是最常见的两种料理方法。根据江户时代的风俗志《守贞谩稿》的记载，"蒲烧"是指将鳗鱼去骨、切片、串起烤制，食用时多搭配山椒粉。"蒲"是长在水边的植物，嫩草即蒲草，嫩芽就是草芽，都可以当蔬菜吃，它结出的棒状果穗，我们称为"蒲棒"，因为烧鳗鱼的形状和颜色正好和香蒲的穗很相似，所以称之为"蒲烧"。"白烧"是指不沾任何酱汁和调味品，只加盐进行烤制，这样比较能吃出鳗鱼的原味。鳗鱼是多脂少水的优质鱼，每百克鳗鱼，脂肪含量高达33克，这在鱼类中是妥妥的油王，而且其中75%是不饱和脂肪酸。多脂的鱼类，鱼味足是它们的优点，但过于肥腻也是它们的缺点，蒲烧鳗鱼饭扬长避短，是烹制鳗鱼的最佳方式：高温烧烤，鳗鱼发生美拉德反应，大分子没有味道的蛋白质分解为小分子充满鲜味的氨基酸；部分脂肪因受热后肌肉蛋白凝固收缩被挤了出来，脂肪受热，变成香味诱人的磷脂；用鳗鱼骨、酱油、味醂、昆布、糖等原料熬制而成蒲烧汁，增香增鲜又解腻；加上优质的米饭，吃起来就没那么油腻，米香是脂香的知音，米饭是鱼的最佳搭档，这样的组合，简直就是神来之笔。

　　同样是鳗鱼饭，确实有优劣之分。影响鳗鱼饭质量的第一个因素是：鳗鱼是野生的还是养殖的。若论美味程度，简单来说，比起养殖的鳗鱼，野生鳗鱼的肉质更紧致，更富有弹性，鱼味更足。鳗鱼的全称叫鳗鲡鱼，在河流中生长，成熟后洄游到海洋中的产卵地产卵，亚洲的鳗鱼产卵地在马里亚纳海沟。鳗鱼一生只产一次卵，产卵后就死亡，鱼卵在随着洋流漂流的过程中成长，到了大陆近海后兵分几路，一路往我国台湾，一路往我国的韩江、珠江、长江，一路往日本。日本人对鳗鱼如此痴迷，野生鳗鱼当然不够用，现今

日本只有极少数店有能力使用野生鳗鱼，比如东京的鳗鱼老铺"野田岩"，在每年的4月至11月，供应来自明海、冈山和九州的野生鳗。野田岩的经营者是金本兼次郎，他和小野二郎、早乙女哲哉并称"日本三大料理之神"。广川的鳗鱼饭用的是不是野生鳗鱼，不得而知。野生鳗鱼难觅，只能转而求其次，吃养殖的鳗鱼。我国的养殖鳗鱼主要出口日本，如果你在日本吃到低于100元人民币一份的鳗鱼饭，那么，这些鳗鱼多数来自我国的福建和顺德。

　　传统的鳗鱼饭必须用鳗鲡，或者星鳗，星鳗也是日本人常吃的鳗鱼，日文为"あなご"（发音为"anago"），因为鱼的体侧有一排星辰般的漂亮斑点而得名，俗称康吉鳗或穴子鱼。星鳗喜欢钻洞，栖息在海底的泥沙中，是一种海鳗。但因为脂肪含量较鳗鲡低，烤制的星鳗与鳗鲡肥厚温润的口感相去甚远，虽然也可以做成鳗鱼饭，却很容易区分。在日本，如果用星鳗做鳗鱼饭，店家一定会跟你说清楚。星鳗一般用来做握寿司。东京湾捕获的星鳗通常被称为"江户前穴子鱼"，也是星鳗里品质最好的。它是最难处理的寿司食材之一，金黄色的皮裹着纯白色的鱼肉，缠绕着米饭放入嘴里，在口中缓缓融化，这种寿司，卖得比鳗鱼饭贵多了。

影响鳗鱼饭质量的第二个因素是鳗鱼的新鲜度。在日本，许多店家往往是点菜之后才会开始杀鱼、烤鱼。而采购回来的鳗鱼，一般都得放在鱼缸里养上一两天，让它们把体内的土味素都吐干净了，料理时才不会出现土腥味。那些进口的冷冻鳗鱼和烧好后再冷冻的鳗鱼，不论在味道上还是口感上，与现宰现烤的鳗鱼区别还是非常大的。

影响鳗鱼饭质量的第三个因素是烤制的技巧。比如火候的掌握，烤得不够会残留土腥味，烤得过头会丢失皮脂肥美黏糯的口感，最好的状态是刚刚渗出油来，油脂在鱼皮表面嗞嗞地轻微爆响，泛出微微焦糖色的状态。为了去除鳗鱼的土腥味儿，在烤制过程中还会撒上少量山椒粉。看似简单的烤鳗鱼，其实非常考验厨师的料理技能，甚至有"串打ち3年、裂き8年、烧き一生"的说法，意为：把鳗鱼串到竹签上要练3年，

杀鳗鱼要练8年，烤鳗鱼则需要练一辈子。同样的现宰现烤鳗鱼饭，关东和关西也呈现出不一样的方法：关西的做法通常从鳗鱼的腹部剖开，铁签串起直接用炭火烤；关东的做法则是从鱼背部切开，先烤再蒸，最后再烤。有那么一种说法：关东多武士，"切腹"不吉利，所以从背部切鳗鱼。这种说法纯属想多了，真实的原因是鳗鱼腹部柔软，开膛破肚不易，背部下刀简单又快捷，这符合关东人急性子的特点。从腹部剖开还是从背部剖开，对鳗鱼的风味并无影响，倒是烤法不同，结果迥异：关西的鳗鱼比较香脆，关东的鳗鱼更加柔软。

影响鳗鱼饭质量的第四个因素是酱汁。蒲烧汁由鳗鱼骨、酱油、味醂、昆布、糖等原料熬制而成，讲究的鳗屋，每天都要熬制、过滤酱汁，类似于中国的老汤。鳗鱼的油脂和酱汁的滋味天天互相浸润，脂肪酸和氨基酸日积月累，更添酱汁的韵味。当然了，米饭的质量也对鳗鱼饭影响很大，但日本的米饭一般都很好吃，这个因素可以忽略不计。

其实，影响鳗鱼饭质量的还有一个重大因素，那就是季节。理论上讲，秋冬时节的鳗鱼最肥美，为了抵御冬季的寒冷和为繁殖季做准备，鳗鱼体内慢慢开始蓄积肥厚的脂肪，味道也更加醇厚浓郁，但日本人却最爱在夏日食用鳗鱼，有"土用丑日吃鳗鱼"之说。土用丑日是按历法和阴阳五行算出的日子，日语中的"土用"是指立春、立夏、立秋、立冬之前的十八天，十八天中十二地支的丑支这一天称为"土用丑"。日本人相信，土用丑日吃鳗鱼，可使整个夏天精神百倍。这个风俗，也只有二百多年的历史，与江户时代的奇人平贺源内有关。平贺源内是江户时代的怪才，被誉为"日本的达·芬奇"，他是著名的博物学者、洋学者、画家、作家、发明家，性格放荡不羁，流浪各地，从事过的工作过千，完成过的发明过百，是神一样的名人，也是蒲烧鳗鱼的狂热爱好者。那时，炎热的夏季，日本鳗鱼滞销，鳗鱼商人求助于平贺源内，平贺源内写了"今日是土用丑日，宜食鳗鱼"，店主将这一广告贴在门前，顿时顾客盈门。平贺源内是那个时代的顶流明星，其号召力非同一般，久而久之，"土用丑日吃鳗鱼"就成为无法撼动的习俗。

在日本，区分鳗鱼饭的档次并不难，这从盛鳗鱼饭的器皿上就可以看出来，鳗鱼饭有两种——"鳗丼"和"鳗重"。日语中，"丼"指的是"碗"，亦指"盖浇饭"，"鳗丼"泛指放在圆形瓷碗中的鳗鱼盖饭，这是大众化的形式，价格也颇为亲民；"鳗重"用到的器具则是高级的漆器，"漆器"与"日本"的英文都是"Japan"，可见漆器既是日本的国宝，也是日本的国粹，往往与重要食材同时出现。日语中的"重"字就是指外面黑色、内里红色，用来盛载食物的方形漆盒，"鳗重"一般搭配鳗鱼肝汤、腌菜、白萝卜泥。有些鳗鱼饭店专门以"松""竹""梅"来划分，松卖最贵，鳗鱼分量最多，竹次之，梅的鳗鱼分量最少。日本的商家，基本都诚信经营，不用担心他们会偷梁换柱，用这些方法来鉴别鳗鱼饭，靠谱！

一份鳗鱼上来，如何吃出风味、吃出水平，也大有讲究。爱知县名古屋的料理店"あつた蓬莱軒"首

创鳗鱼饭三吃，具体吃法是：1. 用筷子或饭勺将鳗鱼饭以十字形划为四等份，取其中四分之一放入茶碗中，像普通鳗鱼饭那样吃；2. 取第二个四分之一，加入山葵、葱花、昆布丝等小料，混合搅拌后吃；3. 第三个四分之一，加入茶汤，做成汤泡饭吃；4. 最后的四分之一，可从上述三种吃法中，选择个人喜欢的方式享用。一份鳗鱼饭，吃出三种风味，还留一个自己喜欢的方式做结尾，堪称完美！

食物的匮乏，会导致两种截然不同的结果：一种是简陋，一种是精致。一份鳗鱼饭，在日本被做到了极致，这种匠人精神，值得我们的美食界好好学习。

到了京都，家里"领导"订了和心泉怀石料理，米其林二星，这是我想要的。怀石料理是日餐的天花板，我在东京吃过以豆腐为主题的怀石料理，深深怀念日餐的用心和精致。京都是日本的故都，这里的怀石料理应该不会让人失望，这家餐厅还捧得米其林二星，必须去！

为什么叫"怀石料理"呢？料理好理解，关于"怀石"二字的来源则是各有说辞。一说"怀石"来源于老子《道德经》第七十章中"是以圣人被褐怀玉"一句，"被褐[pī hè]怀玉"是一成语，"被"是"披"的意思，"褐"指粗布衣服，意思是身穿粗布衣服而怀抱美玉，用现在一句流行语解释就是——主要看气质。另一种说法流传更广，即古时日本禅宗修行时，于怀中放置温过的石头，以止饥御寒，于是喻为怀石。甚至还有一种说法，说过去人们想要招待客人，但没有吃的，就只好将温热的石头放入客人怀里。

怀石料理起源于茶道，原为主人请客人品尝的饭菜。在安土桃山时代，就是十六世纪中叶，在开创了千家流茶道的茶圣千利休的倡导下，为了防止空腹饮茶造成肠胃不适，同时又能与茶道追求清雅闲寂的风格相呼应，便将佐茶的餐食定为"一汁三菜"，即一道汤品，一道刺身，一道煮菜，一道炸菜或烤菜。食材风味为了突显茶道本身，大都以清鲜为主。后来在发展过程中逐渐吸收了许多日本正统本膳和会席料理的特点，原料和烹饪方式也不断丰富起来，成为顶级的日本料理。

怀石料理有以下几个特点。一是重视食物与季节的自然配合，春笋秋蕈，夏瓜冬蟹，重视季节感的同时，最大限度利用食材的色泽、香味和味道。二是作为追求天然本味的料理代表，延续了日餐多清淡的传统。少油脂多炖煮，通过火候与厨师的技艺，挖掘出食物的天然味道，禅意十足。三是装盘讲究，适当地烫或冷却盛装的器皿，让热菜可以趁热吃，凉菜可以趁凉吃。在考虑用餐方便的同时，也会留心所用器皿之间的搭配问题。四是怀石料理还有"净心料理"的美誉，除了禅宗的渊源，一定程度上还源于它进食节奏较慢。日本料理注重新鲜，其中更以怀石料理为上乘。每一道菜都是在客人点餐后，才开始制作的，或者与客人预约到达时间，掐准时间下厨，更加体现了其料理的新鲜度和口感。每一道菜中间都会留有过渡时间，保证客人可以充分品尝到菜品的纯正口感，吃一餐怀石料理，用时两三个小时，再正常不过。

和心泉，日文就叫"和ごころ 泉"，位于京都市下京区乌丸佛光寺东天神町634-3，乘坐阪急地下铁到"乌丸站"，从5号出口出来，步行5分钟，在背街的一条很不起眼的小巷深处，幽密禅寂，默默无声。日本的顶级餐厅，往往不选择在闹市区，真是酒香不怕巷子深。店铺不大，小而有序，进门右手是吧台位，后面是包房。吃怀石料理，吧台位是极好的，可以和主厨面对面沟通并听取菜式的介绍，比单纯的用餐多了一份亲切和关怀。我们都不懂日文，沟通就免了，一早订的四人座的小包房，不豪华，但舒适。

套餐有两种，十一道菜或九道菜，我们一家三口，订了豪华版的十一道菜和一份儿童套餐。

一杯带有酸味的开胃酒后，艺术品般的前菜揭开了这顿大餐的序幕。我们叫前菜，日本人叫"先付"，选用当季最新鲜的食材莴笋、海胆、白子制作，摆盘上突出了莴笋，却让海胆、白子这两样珍稀食材显得若隐若现，这是低调的奢华，诠释了怀石料理"被褐怀玉"的感觉，容器是一个像贝壳颜色的瓷器。"炊合"，又称煮物，将蔬菜、蟹肉、豆腐等食材，切小块，用炖煮的方式最大程度地保留食材本身的鲜味，这相当于上来了一个汤。"向付"是大家所熟知的刺身，有金枪鱼、鲷鱼、墨鱼，非常特别的是用喜知次鱼炙烧表皮后再冷藏，表皮加热和冷藏，都是部分脱水，表现出来的就是脆，器物是一个貌似粗糙但精美无比的陶器。跟着上来的"八寸"，就如一个拼盘，有池鱼刺身、寿司、铁板烧牛肉、鱼子酱、天妇罗，这可是个"硬菜"，貌似包含了怀石料理中的重头戏"强肴"。怀石料理的"强肴"，就是我们所说的"硬菜"，这份牛肉应该就是今晚的硬菜了，器物是一个铜制盘。"八寸"这个词本来是指怀石料理的始祖——茶圣千利休用来盛放食物的八寸杉木方盒，后来渐渐演变为其所盛放的食物的代名词，这个菜，是妥妥的主要下酒菜。"烧物"是烧烤类的菜肴，上来的是一块蒲烧鱼，器具是一个陶具。"盖物"，指有盖食器装盛的食物，上来的是一碗蟹肉，鲜嫩无比，器具是一个漆器。"锅物"，就是用锅煮出来的东西，上的是萝卜煮鱼，器具是瓷碗。把蟹腿拆出来，白芦笋和佛头菜做成酸口味，这应该就是传说中的"中猪口"。所谓"猪口"，其实是指盛放料理的容器，而"中猪口"则是指其中盛放的餐间佐酒小食，味道以酸为主。这个写法，连蒙带猜，与我们中国文化大相径庭，明明是人吃的，却说成"猪口"。"御饭"，就是临近餐后的以米为主的主食，上来了一碗红米饭，一同上桌的，还有"香物"和"后吸物"，"香物"就是日式腌菜，"后吸物"是饭后搭配的汤品。"水物"就是餐后甜点，草莓、橙子和牛奶冰激凌，倒没什么特别之处。最后就是一碗抹茶，不习惯，喝了一口就作罢了。

十一道菜，有刺身、天妇罗、铁板烧、寿司，还有煮的、蒸的，选用的都是当季新鲜食材，味道确实不错，摆盘精致，陶器、瓷器、漆器、铜器全上。至于服务，那真没的说，虽然沟通不了，但服务员还是很认真地"鸡同鸭讲"。上到第七道菜时，我们确实吃不下了，只能浅尝辄止。服务员一边大幅度躬躬，一边说"sorry"，订餐是我们订的，我们吃不完，仿佛是她的错。离开的时候，穿和服的服务员把你送到门口，目送着客人离开，你一回头，她马上90度鞠躬，我们赶紧加快脚步……

　　做怀石料理，师傅必须有全面的烹饪技术，十八般武艺样样精通，食材要求当季又新鲜，这样的要求，离开了日本，基本无法达到，所以，我们在国内吃到的日餐，基本上只有刺身、铁板烧、天妇罗、寿司等几个单项。巧妇难为无米之炊，再说了，只做单项，已经可以赚到足够的钱了，谁还去弄全能？

日本的抹茶

　　京都的和心泉怀石料理，米其林二星，最后上的一道菜，是一碗浓浓的抹茶。浓得如海鲜味的抹茶，我只尝一口，确实喝不下去。我并不挑食，更勇于尝试，连北京的豆汁我都可以接受，但这一碗抹茶，和我印象中的茶不是一回事，那就算了。

　　日本原来不产茶，把茶带到日本栽种，那是唐朝年间的事，这个功劳，要记到来中国学习佛法的最澄、空海等僧人头上。但那个时候喝的还不是抹茶，唐朝人喝茶，还是"团茶法"，就是将摘下来的茶叶蒸后捣碎，拍成团饼状，晒干后封存，饮用时扔到壶里煮。把茶叶蒸青，这是"蒸汽杀青"，茶叶里的酵素随着温度的升高被激活，在蒸青过程中，茶叶中的顺-3-己烯醇、顺-3-己烯乙酸酯和芳樟醇等物质大量增加，并产生大量的α-紫罗酮、β-紫罗酮等紫罗酮类化合物，这是香气的主要成分。温度上升到65℃，高温下酵素被灭活，维生素和色泽不会被酵素破坏，风味得以保存。把茶叶晒干，茶叶的水分降到5%—35%之间，罕有生物能在这个水分范围内滋长，所以茶叶不会腐烂，也不会发霉。这种茶叶，品尝的就是茶叶的原味，有点苦，还有些涩，当然有些香味和甘甜。

到了十世纪，宋朝年间，中国出现新的饮茶方法，叫作"抹茶法"，茶叶还是唐朝的制法团茶，只是不是扔到壶里煮，而是把它烘烤一下后粉碎成末儿，加热水，再用茶筅反复搅拌。这是萃取工艺的突破，从原来的水煮萃取变成粉碎萃取，连着茶粉一起喝，味道当然更浓郁了。这方面的研究权威当属宋徽宗赵佶。这个诗词书画极佳的皇帝，治国无术，对茶的研究却是首屈一指的，他的研究成果是《大观茶论》，全书共二十篇，对北宋时期蒸青团茶的产地、采制、烹试、品质、斗茶风尚等均有详细记述。其中《点茶》一篇，研究点茶时手腕如何用力绕转，才会让茶沫浮起来不散开，十分精辟。别小看这个茶沫儿，它其实就是茶皂素，我们泡茶时以为是脏东西，总想把它去掉。茶皂素具有消炎、镇痛、抗渗透等作用，茶皂素有亲水端和疏水端，疏水端抓住脏东西或油，亲水端抓住水，这样就把脏东西或油排出体内，我们喝茶解腻，就是茶皂素在起作用。

中国的泡茶技术一直在进步，但日本的泡茶技术却停滞不前，原因是遣唐使制度废止了，日本接触不到中国最新的茶文化。把宋朝的抹茶文化带到日本，则要过了两百年以后，功劳归于一位叫荣西的僧人。他两度赴中国，在浙江天台山万年寺学习临济宗教义，归国后修建了多处禅宗寺庙，还把抹茶法带到了日本。

日本人对抹茶也做了改进，就是将覆盖栽培的茶叶鲜叶，不经揉捻直接干制成碾茶，再经石磨研磨制成极细的粉末。这种工艺，由于用遮光物盖住了茶树，茶叶的光合作用减少后，茶氨酸几乎停止了向儿茶素转化的过程，茶氨酸的分子结构与谷氨酸很接近，因此有鲜味，表现出来的就是鲜和甜，茶氨酸还令人分泌多巴胺，这就是抹茶令人愉悦的秘密。儿茶素是茶叶的单宁，有涩味。抹茶这一特别的工艺，产生了鲜甜的口感，减少了涩味，我想这是抹茶控们喜欢抹茶的原因吧。

有趣的是，宋朝流行的斗茶，也传到了日本，而且热闹得很，只是斗茶的内容不一样。宋人斗茶，茶品以茶新为贵，斗茶用水以活为上。一斗汤色，二斗水痕。首先看茶汤色泽是否鲜白，纯白者为胜，青白、灰白、黄白为负。汤色能反映茶的采制技艺，茶汤纯白，表明茶叶肥嫩，制作恰到好处；色偏青，说明蒸茶火候不足；色泛灰，说明蒸茶火候已过；色泛黄，说明采制不及时；色泛红，说明烘烤过火。其次，看汤花持续时间长短。如果研碾细腻，点茶、点汤、击拂都恰到好处，汤花就匀细，可以紧咬盏沿，久聚不散，这种最佳效果名曰"咬盏"。点茶、点汤，指茶汤的调制，即茶汤煎煮沏泡技艺。点汤的同时，用茶筅旋转击打和拂动茶盏中的茶汤，使之泛起汤花，称为"击拂"。反之，若汤花不能咬盏，而是很快散开，汤与盏相接的地方立即露出"水痕"，这就输定了，这个"咬盏"，相当于我们现在所说的"挂杯"。日本人斗茶，是通过品尝茶汤来判断茶叶产地的，而且赌注还很大。京都栂尾山出好茶，这个地方的茶叫"本茶"，其他地方的叫"非茶"，斗茶只是判断是"本茶"还是"非茶"。后来，质量更好的宇治茶出现，这种斗茶游戏才宣告结束，日本人喝茶，转向更为静谧的茶道。

我之所以喝不下抹茶，是因为这茶像海带汤，这大概是因为覆下栽培法会促进茶叶代谢，使其蓄积一种叫"二甲基硫"的成分，这是一种带着烤玉米和煮虾蟹风味的香味物质，而海带也含有二甲基硫这种化学成分。明明是喝茶，却变成喝海鲜汤，这怎么都说不过去。

日本人对抹茶进行覆下栽培的改进，而中国人从明朝开始，就对制茶工艺做了改进，晒青、炒青、揉捻……目的是让茶叶发酵，茶氨酸变成儿茶素，再转化为茶黄素，因此各种芳香成分变化万千。特别是炒青技术的发明，使绿茶从此发生质的飞跃，用热水一冲就香得不得了，如此简单就可获得美味，制作工艺复杂的"抹茶"由此淡出中国人视野。

直接喝抹茶在日本也不流行，我们不太接受得了，现在的日本人也不太买账，倒是抹茶甜品在日本随处可见。晶莹剔透的玻璃杯中塞满红豆、白玉团子、抹茶果冻、抹茶冰激凌、抹茶蛋糕、抹茶饼干等食材，这就是抹茶芭菲，简直就是一个甜品大全，有选择困难症的人面对它毫不费劲。广受推崇的抹茶巴菲商店，要数京都的茶寮都路里，这里的抹茶芭菲用料充实，口感丰富，选用宇治抹茶、玄米茶、烘焙茶制作而成，满满一大杯端上来，看着就很幸福；抹茶蛋糕的味道不需赘述，加上抹茶的蛋糕，苦味中和了甜腻，好似吃甜腻的蛋糕的同时饮下一杯浓茶；风靡全球的抹茶冰激凌，人们在品尝时，很难说清楚究竟是在享受冰激凌还是抹茶，淡淡的茶味不够明显，入口后还未等仔细品味，已经尽数化作冰凉；至于各种抹茶点心，比如抹茶和果子、抹茶豆果子、抹茶羊羹、抹茶仙贝、抹茶栗子大福、抹茶包子、抹茶脆饼干、抹茶巧克力，无一不是精致细腻，尽显日本美食的精益求精。如果没时间一一品尝，不要紧，在回国时，办完离境手续，候机大厅的商场就有各式抹茶点心，只要你带得动，应有尽有。

中日文化，同宗同源，那些源于中国的美食，在它们的发源地往往已经被其他形式取代，而在日本却保留了下来，而且总能往精致里发展，这方面，值得中国的美食界深思。

和歌山县的梅子干

2019年底，新冠疫情爆发，但之前订了2020年春节的日本之行，一家三口还是毅然前往。

行程中有一站是去和歌山县白滨千岛之汤酒店，目的是泡温泉。日本的县，相当于我国的省，下面还有市。和歌山县位于日本本州岛纪伊半岛西南部，面向太平洋，北邻大阪府，东靠奈良县，东南与三重县毗邻，西南隔纪伊水道和德岛县相望。白滨是日本有代表性的温泉地，白滨温泉与静冈县的热海温泉、大分县的别府温泉，并称为日本三大温泉地。

白滨千岛之汤酒店里就有温泉，大小不一的温泉，各有不同的景观，但我喜欢的，还是酒店门口的几株绽放的梅花。此外，让我对和歌山县感兴趣的是那里的金枪鱼，和歌山县那智胜浦渔港的金枪鱼，产量在日本是第一位。随着季节的变化，那智胜浦渔港可以捕到大金枪鱼、云裳金枪鱼、树皮金枪鱼等各种类型的金枪鱼。每餐都有金枪鱼，对我这个金枪鱼狂热爱好者来说，再有碗白饭，就够了。这里的白米饭与众不同，每一碗白米饭上面，放了一颗梅子干，很明显，这是佐饭用的。

原来，梅子干是和歌山县的特产。以田边市、南部町、南部川村为主的纪南地区，是优质的梅子产地，产量和产值均为日本首位。梅子的品种主要是南高梅和古城梅，南高梅具有颗粒大、皮薄、肉厚的特点，是做腌梅的最高级的品种。

中国是梅的故乡，日本的梅，大约在公元前300年至公元250年的弥生时代从中国引进。大家对梅子不是很熟悉，主要是因为大家把焦点都聚焦在好看的梅花上面了。梅花结了果，就是梅子，不过，我们现在所看到的梅花，主要是经过改造后的观赏梅花，即便可以结果，也不是优质产品。中国人种梅，最早并不是为了观赏，而是为了提取梅子的酸用作调料。《尚书·说命下》中有："若作和羹，尔惟盐梅。"意思是说，要做好味道的肉羹，离不开盐和梅。遗憾的是，新的考古研究已证明，传世的《说命》篇系东晋伪作，并非《尚书》本来面貌，所以不能以此证明商代就用梅子调味，中国人用梅烹饪的历史，得往后再推几百年。目前可以证明中国人烹饪用梅的最早证据出自西周早期墓葬，铜鼎里同时发现了残留的梅核与兽骨。西汉成书、记载周代礼仪制度的《礼记》中，也提到"兽用梅"，意思是烹煮兽肉要用梅子调味。

在酱料简单、食盐难得的古代，能提供酸味的梅子，无疑是厨界的明星，直到醋出现后，梅子才成为酸界的配角。新鲜的梅子，又酸又涩，并不好吃，于是就有了对其进行加工的必要。梅子的加工，大致分为盐渍或糖渍两大类，在此基础上演变出各种制法。先秦时即有的白梅、盐梅，都是将梅子盐渍后晒干，以求长期保存。湖北包山楚墓曾出土一个陶罐，内有271颗梅核，随墓清单上记载着"蜜梅一缶"。可见在那时，就有将梅子做成蜜饯的做法了。北魏贾思勰在《齐民要术》卷四《种梅杏第三十六》中，就提到梅子的加工方法：其中白梅就是盐渍日晒，当调料用；乌梅就是烟熏干的梅子，只做药用；藏梅就是糖渍，当零食用。南宋周密《武林旧事》中，记载了各种风味的梅子小食，计有雕花梅球儿、青梅荷叶儿、椒梅、姜丝梅、梅肉饼儿、杂丝梅饼儿等。明《永乐大典》中，则有盐梅、乌梅、白梅、韵梅、对金梅、十香梅、紫苏梅、荔枝梅、蜜煎梅、替核酿梅、糖松梅等诸多梅子品种。对物质逐渐丰富的现代人来说，在梅子身上花这么多功夫，折腾出这么多花样，确实没有必要，只保留当零食用的话梅，当酱料用的咸梅和梅膏酱，泡个梅子酒，足矣。

日本的梅子干，与我们的盐渍、糖渍梅子大不一样。做法大概是：取未成熟的青梅，先泡水一夜，捞出来以3∶1的比例加盐拌匀，压上石块，放上半个月，青梅里的酚类物质与酵素的细胞壁被破坏，发生化学反应，产生多酚类物质，因此香味更为浓郁，造成青梅涩的口感的物质是单宁，也被转化为多酚类物质，所以不再有涩感。盐的渗透压和大石块的压力，使青梅的水分和部分酸性物质被挤了出来，经过发酵，就是又酸又咸的梅醋。部分脱水的青梅变得松软，取出后在日光下曝晒，青梅里的酚类物质遇氧发生氧化，产生褐变，变成茶褐色，再放回梅醋里，加上紫苏叶，染上紫苏叶的青梅颜色变得更加漂亮，梅干就这样形成了。

这个做法，就是盐渍加日晒再加醋渍，醋还是盐和梅的副产品，成本就是梅和盐，只是费时费工。3∶1的盐，在提倡控盐的现代，不算健康，幸好是一碗饭只配一颗梅子干，又酸又咸，轻咬一小口，就得猛扒拉两口饭，作用与潮汕的萝卜干有异曲同工之妙。梅干诞生于八世纪的奈良时代，那时的盐不便宜，所以只有上层社会才可享用，而梅干成为庶民寻常吃食，要等到十七世纪的江户时代。一粒梅干，从"王谢堂前燕"到"寻常百姓家"，居然要经过九百多年。食物的发展史，也是人类的发展史，在这个资源有限的岛国，食物的获得从来就不容易，正因为不容易，精益求精和对传统的继承和怀念，就变得顺理成章。

日本人爱梅，不亚于我们。跟着酒店摆放的旅游小册子，我们找到了离酒店不远的南部川村，漫山遍野的梅花，蔚为壮观，观赏梅花是免费的，收入靠卖梅干。在酒店的小册子里，引用了平安时代的诗人凡河内躬恒写过的汉语诗"春夜亦何愚，妄图暗四隅。梅花虽不见，香气岂能无"，说的是寒气未消的春夜，梅花开得甚是烂漫，可惜夜色不解风情，花朵只能藏在黑暗里不为人所见，幸好有阵阵暗香，怎么也挡不住。诗写得真好！

说到咏梅，日本当然没法跟我国相比，毕竟梅的发源地是中国。我特别欣赏唐末五代诗人罗隐的这首《梅》：

天赐胭脂一抹腮，

盘中磊落笛中哀。

虽然未得和羹便，

曾与将军止渴来。

"天赐胭脂一抹腮"，说的是梅子熟透的颜色，犹如上天所赐，色若胭脂，涂抹美人脸庞，白里透红，漂亮极了。

"盘中磊落笛中哀"，其中"磊落"是形容梅子的形态圆转明亮，错落分明；而古代笛子曲代表作《梅花落》，是汉乐府中二十八横吹曲之一，含蓄深沉，曲调委婉，令人感伤。这句诗的大意是：梅子在盘中显得圆润可爱，圆转明亮，然而笛子曲《梅花落》却让人感伤。

"虽然未得和羹便"，"和羹"典故出自前面所说的《尚书·说命下》，殷商高宗武丁任命傅说时所说的话："若作和羹，尔惟盐梅。"《尚书》不是美食著作，讲美食不是它的本意，它是用美食来讲国家治理，"和羹"指的是治国，"盐梅"指的是国家治理的栋梁之材。这句诗的大意是：即便梅子没有获得和羹挑大梁的机会。

"曾与将军止渴来"，此典故出自《三国志·魏书·武帝传》"望梅止渴"的故事："曹操行军至含山，军士皆渴，因指山上梅林，渴遂止。"《世说新语·假谲》也这样说："魏武行役，失汲道，军皆渴，乃令曰：'前有大梅林，饶子，甘酸可以解渴。'士卒闻之，口皆出水，乘此得及前源。"梅子虽小，却在帮助曹操稳定军心上起了非常关键的作用。

罗隐是杭州人，生于乱世，从大中十三年（859）底至京师应进士试，屡试不第，前后长达十多年，自称"十二三年就试期"。黄巢起义后，避乱隐居九华山，光启三年（887）归乡依吴越王钱镠，历任钱塘令、司勋郎中、给事中等职。屡试不中，又生于乱世，罗隐的诗也多有参透人生的哲理。梅花品格高洁，天赐胭脂色，超凡脱俗，但结成果实命运却各不相同：盛在盘中，是待客佳品，磊落大方，酸甜适宜；谱曲吹笛，落梅兴叹，难免忧伤悲哀；若作和羹，可以调理得酸咸适中；再不济，也可以成为曹操激励人们意志的佳物。

和平年代，虽无战乱，但又有谁的人生一路坦途？不计较于一时的得失，不埋怨命运的不济，积极乐观，过好每一天，总好过长吁短叹。如果想不通，可以来一颗梅干。

好
吃
的
秋
刀
鱼

  日本人也讲究"不时不食"，夏天刚吵着说吃鳗鱼，一踏入九月中旬，就喊着说要吃秋刀鱼了。

  秋刀鱼又称竹刀鱼，由于其体形修长如刀，生产季节在秋天，故名秋刀鱼。秋刀鱼隶属颌针鱼亚目、竹刀鱼科、秋刀鱼属，是飞鱼的近亲。秋刀鱼的腴美，源于其丰富的脂肪，每百克秋刀鱼，脂肪含量高达20克，鱼味足，怎么做都好吃。足够新鲜的秋刀鱼用来做刺身，但最好是用醋渍一会儿，醋里的氢离子给造成腥味的三甲胺贡献出一个正电荷，与其他化学物质结合，三甲胺跑不出来，我们闻不到，因此也就不腥了。或者用烤和煎，鲜香也是极致的。在120℃以上的高温中，秋刀鱼的蛋白质分解为氨基酸，鲜味就被贡献出来；脂肪也分解为脂肪酸，转变为具有水果、花朵、坚果、青草味的芳香分子，这就是香味；肝糖则分解为葡萄糖，带来了甜味。口感上，刺身秋刀鱼细腻软滑，煎烤秋刀鱼略微粗糙但越嚼越香。我喜欢几种做法一起来，几种美好相互比较，也不留下遗憾。

秋刀鱼，原是日本的平民美食

上一次吃秋刀鱼，还是10年前在东京筑地市场附近的餐厅。逛完海鲜市场，口水流了一地，进到附近的一家餐馆，好吃的东西太多，但当季的秋刀鱼给我留下的印象最深刻。那时秋刀鱼的价格一条仅100日元，按最近的汇率，也就6块人民币，对日本人来说，秋刀鱼本来就是一种平民美食。烤食秋刀鱼时不除内脏，略有苦味，日本人说从这些苦味中可以品尝到独特的美味，这是属于日本人独特的味觉享受，已经成为日本饮食文化的一个象征。

日本人对秋刀鱼的热爱，首先源于秋刀鱼确实美味且富含营养，其中鱼油的主要成分 DHA 和 EPA，是人体必需的脂肪酸，对于防止脑部老化、血栓形成、心肌梗死有良好作用。秋刀鱼还富含矿物质铁和锌、维生素 D 和维生素 B12 等，对缓解亚健康症状和预防癌症都有帮助。日本十七世纪的江户时代有句谚语说，"秋刀鱼一出，按摩业全输"，说的就是秋刀鱼营养丰富，吃得人元气倍增，连按摩都省了。按摩技术在唐代已从中国传入日本，但真正在日本蓬勃发展还是要到江户时代，而江户时代，正是日本人大量捕捞秋刀鱼的时代。这时人们发明了用流刺网捕捞秋刀鱼的方法，渔获量有很大提高。用江户时代大众喜闻乐见的按摩来渲染秋刀鱼的神奇功效，这是日本式的"鱼和熊掌"逻辑。

秋刀鱼能够成为日本的平民美食，另一原因就是日本是秋刀鱼的主产区。在秋刀鱼1—2年的生命中，它们一直都在不知疲倦地洄游，北上觅食，南下产卵，形成太平洋两岸秋刀鱼的洄游路径。在日本，太平洋沿岸和日本海沿岸都有秋刀鱼的踪迹，其中太平洋沿岸数量更多、品质更好，而日本海沿岸的秋刀鱼则因脂肪含量较少，逊色一些。太平洋一侧，秋冬季节在常磐海域出生的幼鱼，在黑潮（日本暖流）附近越冬，冬春季节沿暖流北上，夏季到达浮游生物丰富的北海道至千岛列岛一带觅食。8月中旬左右，育肥成功的秋刀鱼沿亲潮（千岛寒流）南下，在三陆、常磐海域产卵，开始新的轮回。日本海一侧的秋刀鱼则是沿对马暖流向北洄游到新潟县海域，再向南洄游到山口县海域产卵。

秋刀鱼，现在也变成了高价鱼

原本价廉物美的秋刀鱼，近几年价格却一路攀升，高峰时价格甚至赶上了金枪鱼。这是因为近几年日本的秋刀鱼渔业有所萎缩，秋刀鱼数量自2010年开始便急剧减少。造成秋刀鱼减产的原因是多方面的：一方面秋刀鱼的食物不足，导致北上觅食的秋刀鱼成长缓慢，南下时间延后，给捕捞秋刀鱼带来很多困难；另一方面，近年来由于气候变化、海水温度升高等因素，秋刀鱼的洄游路线发生了改变，很多秋刀鱼不会洄游到日本近海，而是止步于更靠东一点的公海海域。也有日本人认为，日本秋刀鱼数量减少是因为被公海的中国大陆与台湾的大型渔船捷足先登，这似乎也有一点道理。近年来我国的远洋渔业发展迅猛，秋刀鱼的捕捞量已经超过了日本。只是我国捕捞的秋刀鱼来自西北太平洋公海海域，不论是味道上还是口感上，都要比日本秋刀鱼逊色一些。这主要是因为远洋捕捞出海时间长达数月，无法像近海捕捞那样迅速回港，因此我国捕捞的秋刀鱼一般以冷冻方式保存和出售。冷冻的秋刀鱼，由于鱼肉里的水分膨胀并形成冰凌，对秋刀鱼的蛋白质分子产生了挤压和破坏，这成为我国秋刀鱼不如日本秋刀鱼的主要原因。

秋刀鱼之歌

日本人痴迷秋刀鱼，二十世纪二十年代，日本诗人佐藤春夫还写下了著名的《秋刀鱼之歌》，这首诗还入选了日本高中的教科书。

> 啊，凄凄的秋风啊！
> 如果你有情，
> 请你去告诉人们，
> 有一个男子汉，
> 在今天的晚餐上，
> 独自吃着秋刀鱼，
> 陷入苦苦的深思。

诗有点长，只截取开头这一段，一看就是一首失恋情诗，这涉及日本文学界一段狗血的"细君（妻子）

让渡事件"，是的，妻子也可以让给别人。让渡妻子的是日本著名作家谷崎润一郎，这人被诺贝尔文学奖提名了六次，才华横溢，其想法和行为也异于常人。他原本喜欢一个叫初子的艺伎，但初子不喜欢他，就把二妹千代介绍给他，两人也就结了婚。婚后，谷崎润一郎又看上了小姨子，于是打算离婚后与小姨子结婚，就把妻子千代介绍给好朋友、诗人佐藤春夫。没想到小姨子根本就不想与谷崎润一郎结婚，于是谷崎润一郎就不离婚。佐藤春夫很喜欢千代，得知此事后伤心欲绝，与谷崎润一郎绝交，写下了这首充满伤感的《秋刀鱼之歌》。

故事发展到最后还是"有情人终成眷属"。9年后，花心的作家谷崎润一郎终于还是喜欢上另一个女孩，离婚前准备把妻子千代托付给自己的一个弟子，幸好在老家自暴自弃的诗人佐藤春夫得到消息，及时赶到，终于与千代再续前缘。作家润一郎、诗人春夫和女主角千代在《朝日新闻》上发表联合公告，这就是著名的"细君让渡事件"，在日本文化界掀起了轩然大波，只能说日本文化圈真乱。

一段凄美曲折的爱情故事，还与秋刀鱼扯上关系，秋刀鱼有点冤。

日本的拉面

到日本，早餐我喜欢吃一碗拉面。日本的拉面，是日本的国民美食，不论哪个城市，随便哪个街头、马路边、拐角处，基本都有一个拉面店。弯弯曲曲的淡黄细面、或浓或清的汤汁、丰富的配菜、粉嫩的叉烧、半熟的溏心鸡蛋，平易近人的价格，美味又快捷，很快就填饱肚子。那种舒爽，是酒店的早餐没法给到你的。

日本拉面的组成

如果见到招牌写着"ラーメン"，那就是日本拉面。不懂日文也没关系，你就大声地讲"拉面"好了，因为拉面的日文发音就是"ra-men"，这发音倒是和中文的"拉面"非常相近。日本拉面虽然看似纷繁复杂，但也不难区分，其有四个关键组成部分：第一个关键组成部分是汤底，他们比较看重汤底，总体来说有猪骨、鸡骨和海鲜熬制而成的三种基本汤底，在基本汤底的基础上，调味方式也包括酱油、盐和味噌三种；第二个关键组成部分是面条，根据面条的粗细程度分为"极粗面""中粗面""中细面""细面"四种；第三个关键组成部分是调味，选用蒜泥、红姜、芝麻、高菜、辣油等，为一碗拉面带来更加丰富的味道；第四个关键组成部分是配菜，丰富的配菜是日本拉面的精髓，叉烧、玉子（日文汉字，即鸡蛋）、鱼饼、葱丝、木耳、豆芽、笋干、紫菜、玉米、菠菜、洋葱、卷心菜……一碗拉面，有菜有肉有淀粉，吃到底朝天，绝对让你心满意足。

日本拉面的三大流派

传统的日本拉面可分三个流派，分别是札幌拉面、喜多方拉面和博多拉面。

札幌拉面（さっぽろラーメン），起源于北海道札

幌市，通常以味噌调味，搭配粗卷面条，口感上非常浓厚。汤里还会加入大量蒜和猪油，北海道天气寒冷，一层厚厚的猪油能给一碗汤面保温。常见的配菜是叉烧和玉米粒，高级的会放帝王蟹、帆立贝（日文汉字，即扇贝）等海鲜。

喜多方拉面（きたかたラーメン），来自福岛县的喜多方市，以猪骨为底用酱油调味的汤底，汤色澄清

透明，搭配宽扁面条，口味相对来说比较清爽。常见的配菜有笋干和叉烧等。我特别喜欢的岐阜县高山市甚五郎らーめん（拉面）店，与一般制作拉面先在面碗里添加酱油着味，再盛出汤底入面碗的操作方法不同，他们家的酱油豚骨拉面，将酱油直接倒入熬制汤底的深锅里慢慢熬制。这样制作的汤底不宜久存，只能一天一换，而其他拉面店则可以将一次熬、多日用的汤底放冰箱备用。他们家的汤底一直在加热，每日不同时段，汤底的风味各不相同，越到后面越浓郁。老顾客都熟悉了店里汤底不同时间的味道，会根据自己的喜好按时来报到。

博多拉面（はかたラーメン），源自福冈县福冈市，以奶白色的猪骨汤底为主要特征，通常会搭配细面，常见的配菜是叉烧、鸡蛋和木耳丝、葱丝等。

去日本，不需要去到这三座城市也可吃到这三大拉面。日本全国遍地是拉面，在不经意的转角处，你就会吃到其中的一款。

不一样的日本叉烧

叉烧是日本拉面的主角，但是，日本的叉烧其实更像我们中式的卤肉。

与我们用烤叉将猪肉放进明火炉中烘烤不同，叉烧酱、南乳、酱油、五香粉、蜂蜜，以及由高粱、玫瑰花

瓣、糯米和冰糖酿成的清淡芬芳的玫瑰露酒等中式叉烧的调料制作方法，对几百年前的日本人来说太复杂了，于是，他们干脆改为"煮叉烧"，称之为"煮豚"。

制作日本叉烧，选用五花肉、梅肉或猪腿肉，原则是有肥有瘦。为了让做好的叉烧呈现出较美观的形状，也为了加热时防止脂肪融化，并锁住肉汁，他们会用棉绳把猪肉五花大绑起来。既然叫"叉烧"，不烧一下也似乎不妥，于是要稍微煎一下卷好的猪肉，使其表面焦化，这与中式叉烧仿佛又有了点联系。再将其放入加了酱油、香料、盐等调好的酱汁或特制高汤里煮入味。煮好后，将猪肉取出均匀切片，铺在拉面上浸着咸鲜的面汤来吃。这种日式叉烧，虽然没有中式叉烧肉汁丰盈、焦香四溢和入口即化的神韵，但肉被炖煮得软糯，又饱吸汤汁的滋味，香喷柔软，也是非常不错的。

叉烧是一个拉面店的"杀伤性武器"，于是，大家会对叉烧大做文章。除了酱油和香料各出奇招，一些店会将煮好的日式叉烧再用猛火炙烤。还有一些拉面店会摒弃传统的猪肉叉烧，使用鸡胸肉或鸡腿肉做出别致的鸡肉叉烧，也有的店则会推出牛肉叉烧。简直

是八仙过海，各显神通，每家店的叉烧都不一样。

漂亮的鸣门卷

日本拉面，常会出现一种装饰性的美味鱼饼，以白身鱼鱼浆为原料做成，鱼浆薄层染上艳丽的红色，卷起来定型，四周削成花边，最后切成薄片，日本人将它称为"鸣门卷"。

这个名字，得自日本德岛县的鸣门海峡，它是世界上最大的涡流潮常发地。鸣门海峡位于淡路岛、大毛岛和岛田岛三岛之间，最窄处只有1.4公里，中途布有浅滩和裸岛。海峡靠濑户内海一侧深至200米，而靠纪伊水道的一侧水深只有140米。海峡两侧的播磨滩和纪伊水道之间，潮位差距最大时可达1.5米，水流通过鸣门海峡的时速有每小时20公里，加之复杂的水底地貌，形成了著名的鸣门大漩涡。鱼饼螺旋状的花纹，让人不禁联想到漩涡，因此得名"鸣门卷"，这个岛国民族，想象力还是挺丰富的。

日本拉面，源于中国拉面

在拉面店的菜单上经常会看到"中华そば"字样，虽然"そば"在日文中是"荞麦面"的意思，但在这里并不是指荞麦面，而是拉面的另一种说法。从这个文字看，日本人承认，他们的拉面，源头在中国。

这个源头，一下子要追溯到三百多年前，那是日本的宽文五年，也就是1665年，我们的大清年间，作为明朝遗民的朱舜水，将中华面传入日本。朱舜水是明朝学者、教育家，与黄宗羲、王夫之、顾炎武、方以智一起被称为"明末清初五大家"。清军南下江南后，朱舜水积极从事抗清斗争，后来看到复明无望，弃离故乡，流亡日本。他寄寓日本二十多年，仍着明朝衣冠，追念故国。流亡日本期间，他因高深的学问和德行，得到了日本朝野人士的礼遇和尊重，水户藩藩主德川光圀［guó］聘请他到江户，即现在的东京讲学，执弟子礼。德川光圀是一位美食家，朱舜水便教他许多中华菜品，这当中就包括了中华拉面。

但这时拉面还只是极少数高层才品尝得到的美食，毕竟日本很快就经历了在"生灵怜悯令"制约下不给吃肉的年代。真正让拉面遍地开花的是1871年，日本和清政府签订了《中日修好条规》，大批华侨徙居横滨、神户和长崎三大港口，中国人聚居的地方有了"中华街"，拉面技术也就是从这些地区流传出去的。

日本美食善于学习，然后精益求精，在拉面这个领域，日本做出了自己的特色，值得我们美食界学习。

日本的天妇罗

我们眼里的日餐，可能就是刺身、寿司、铁板烧和天妇罗。这个天妇罗，不就是挂着面糊炸鱼、炸虾、炸蔬菜嘛，我们的油炸食品多的是！直到吃到正宗的天妇罗，你才知道，此油炸非彼油炸。那么，日本的天妇罗，有什么不一样的讲究呢？

不一样的面衣

吃到天妇罗，你会感觉它的面糊薄如蝉翼，吹弹可破，与我们的油炸食物确实不一样。是的，连叫法都不一样，他们不叫面糊，叫面衣。面衣的好坏直接影响到对油脂的隔离与吸收水平，从而影响天妇罗的质感。天妇罗的面衣，核心是围绕着如何避免面筋的

产生展开的。这是因为面筋产生后，在油炸时会形成
强大的网状结构，堵塞水蒸气逸出的通道，水蒸气积
聚在面衣内部，面衣就无法变酥，还会吸油。面衣由
面粉、水、鸡蛋组成，如何做到减少面筋产生，这里
面就有各种讲究。

　　要减少面筋的产生，就要选用低筋粉，也就是日

本人所说的"薄力粉"。所谓低筋粉，是蛋白质含量低于8.5%的面粉。面粉的蛋白质中，有一种谷蛋白，谷蛋白有许多半胱氨酸，这种氨基酸上有一个巯基，由硫原子和氢原子组成，氢原子如果出走，两个硫原子就链接在一起，化学上称为"二硫键"。当大量的二硫键形成，面团中的谷蛋白就形成了一个巨大的网络，这就是面筋。选用低筋面，蛋白质减少，二硫键自然就少，面筋也就少了，这是从源头上解决问题。非但如此，还必须加上淀粉，进一步稀释面粉。至于配比，各家天妇罗店有各自的讲究，商店里可以买到天妇罗粉，这非常便于家庭料理操作。当然了，面粉也不是越少越好，面粉比淀粉的吸水性更强，质感比淀粉略粗，在面衣中可以带出更鲜明的质感，这也是很多天妇罗店所要追求的效果。

减少面筋的关键还在于控制面衣温度。面筋蛋白质在30℃左右时，吸水率可达150%，面筋生成率最高；当水温小于或者大于30℃时，面筋形成程度减小；超过65℃时，面筋蛋白会因热变性而使面筋生成率显著降低。尽管高于30℃也有利于形成低面筋，但当面衣与炸油的温差较大时，面衣受热后水蒸气会迅速逸出，影响面衣外侧轻盈酥脆的质感。而低温的面衣吸收了来自炸油的部分热量，可令食材受热不至过于剧烈，从而保持食材原有的鲜度和水分。所以，低温才是更佳的选择。将面粉冷藏、使用冷水，对于减少面筋的产生有很大帮助。

减少面筋产生的另一个关键点是避免过度搅拌。过度的搅拌会让蛋白质中的硫增加会面的机会，形成二硫键，产生面筋，这个道理和我们的手工面质感筋道一样。

天妇罗的面衣经常会用到鸡蛋，加入蛋黄制作的天妇罗称为金妇罗，用蛋白制作的天妇罗称为银妇罗。蛋白多的天妇罗更蓬松稳定；蛋黄多的更轻盈香酥，但也更容易吸收空气中的湿气而迅速变软，这一做法在专业天妇罗店比较常用，因为可以做到即炸、即上、即吃；不加蛋的则更清脆硬挺。家庭料理中，会偏爱全蛋和蛋白的做法，因为可以延长天妇罗的食用时间。

不一样的油炸

日本天妇罗店的炸油有不同的选择，芝麻油、棉籽油、菜籽油、红花籽油是比较流行的品种，也有用山茶油、玉米油、大豆油的，比较多见的是用芝麻油。日本天妇罗的芝麻油不同于我们国内烘焙程度较深的芝麻油，而是使用未经烘焙、直接榨取的太白芝麻油和经过低温烘焙的太香芝麻油。两者都留有芝麻油特有的香气，但又不会特别浓郁，不致盖过食材的原味。其中，太白芝麻油颜色更淡，味道更加柔和，质感更轻盈，而太香芝麻油颜色微深，味道更香醇，质感更黏稠，二者各有所长，有的店还将两种芝麻油混合使用。

当然，使用其他油也会产生不一样的风味：菜籽油风格不那么鲜明，但较为温和；大豆油先味不显著，但后味的复杂度和苦涩度比较明显；花生油先味中的复杂度和温和度显著，风味非常鲜明，但后味中略微带涩；玉米油风格不鲜明，先味中复杂度初显。

选用什么油，除了有风味方面的考虑，还与烟点有关。天妇罗炸制食材的油温一般在160—190℃之间，使用油脂的烟点应在这一温度之上，但也不宜过高。

选择哪种烟点的油，会影响控制温度的难度。对于经验不足的人来说，用了烟点230℃的油炸天妇罗，当温度已经升到210℃时，可能还没有察觉，但这对于天妇罗来说已经是温度过高了。太白芝麻油的烟点一般在210℃左右，棉籽油在 216℃左右，菜籽油在204℃左右，红花籽油在210℃左右，都是合适的选择。精炼大豆油的烟点是238℃、精炼玉米油的烟点232℃，它们的烟点都偏高了。当然，现在有红外线油温枪，可以精确地测定油温，这个问题已经变得不太重要了。

不一样的食材

天妇罗的食材以鱼、虾、贝类等海鲜及蔬菜为主，食材选择会根据地域和季节更迭有所变化：春季有银鱼、香鱼、樱花虾、文蛤、蚕豆、芦笋、刺嫩芽；夏季则是大眼鲷、沙梭、银宝、茄子、南瓜；秋季就轮到虾虎鱼、松茸、山牛蒡、栗子、百合上场；而冬季则是牡蛎、白子、扇贝、番薯唱主角。可以说，除了水分太少的食物和大叶子蔬菜，几乎什么都可以拿来炸。

鱼类天妇罗之美在于肉质细腻纯美，外形上也保持了鱼类的特有线条。颜色明丽，线条优美的虾类天妇罗，将虾头和虾身两吃，带来截然不同的口感。乌贼、软丝、大蛤、鲍鱼、岩牡蛎、牡蛎、扇贝等头足类和贝类天妇罗，半生熟的口感对比，食材表面微脱水、味道浓缩，而内部保持生鲜甜美，那种奇妙，令人终生难忘。

南瓜、土豆、莲藕、栗子、慈姑、红薯、山药、蚕豆、银杏、百合、牛蒡等淀粉类蔬菜天妇罗，受热后细胞膜蛋白质变性产生的淀粉软化，带来绵润沙爽的口感。有的在油炸之后表面松软，而内部仍然保持脆爽多汁；有的因为油炸去除了腥涩，而突显出鲜美的味道；有的在烤与蒸的共同作用下，甜美的味道得以徐徐绽放。

刺嫩芽、茗荷、行者蒜、鸵鸟蕨、笔头菜、滨防风、蜂斗菜、山独活、红叶笠、雪笹（日文汉字）、山芹菜、虾夷立金花、秋葵花、金针花、油菜花等茎叶类野菜或花类，体型小巧而有质感，以它们为食材的天妇罗不仅味道别致脱俗，仪态也多姿多彩，让人觉得天妇罗解决的绝不只是口腹之欲，还有对食材的艺术化呈现。

樱花虾、白鱼、小柱、甜玉米粒、胡萝卜丝这些单体体型娇小的食材，通过集体上阵的形式来实现"恢

宏"的气势。先上一层面粉，再裹较薄的面衣油炸，以便制造更多酥脆感，同时在油炸过程中通过堆叠食材来制造立体感，除了食材本身的鲜味，丰富层理带来的满足感，以及多重酥脆在口中爆裂的感觉，都是其他天妇罗无法带给食客的体验。

为什么叫天妇罗?

天妇罗的原型是一种名叫"花园小鱼"的葡萄牙食品。食材方面,除了鱼,还包括了诸如青豆、甜椒和南瓜一类的蔬菜瓜果。制作时混入提前准备好的面糊,再进行油炸,由于形状类似小鱼,颜色又因不同食材而五花八门,所以俗称"来自花园的小鱼"。

在中世纪,信仰天主教的欧洲人需要在复活节的数周进行斋戒。拉丁文"ad tempora quadragesimae"就是"守大斋期"的意思。受其影响,人们将主动不食用肉类与辛辣的调料,但鱼类却被视作不同于陆地生物的肉类,排除在斋戒范围之外。这段时间,需要消费大量的鱼肉和蔬菜,葡式的花园小鱼,就是在这个背景下诞生的。

葡萄牙商人在16世纪40年代,第一次抵达日本。到了16世纪70年代,葡萄牙人还在长崎沿海获得了数个村庄的留居权,他们参照澳门的模式,建立了时间不长的葡属长崎,葡萄牙式的"花园小鱼"也通过长崎被日本人接触和熟知。在丰臣秀吉取消了葡属长崎的自治市地位后,当地的常驻葡人减少,很多工作都交由•日本当地雇工完成，定期来访的商贾就开始吃上了日本本地厨师制作的"花园小鱼"。反过来，日本厨师也将这种新的进口食品，向国内的其他地方传播，最初的天妇罗便应运而生。日本人从拉丁文"ad tempora quadragesimae"中取了"tempora"，根据其日语发音音译过来就是"天妇罗"。

如何"假装"会吃天妇罗？

知道了以上的门道，已经可以在餐桌上吹一通了，但是，吃毕竟不是靠说，还得付诸行动。如何点菜？

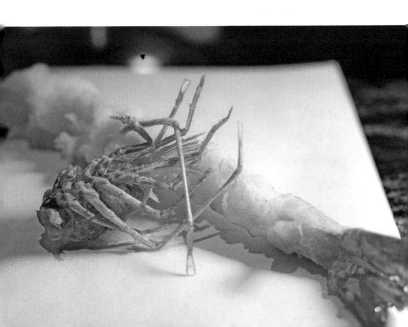

吃起来顺序有什么讲究？还是需要略懂一二的。

天妇罗讲究季节性，在某个季节，点上那么几样应季食材，搭配一下其他的，也就可以了。品种上做到有虾、有鱼、有头足贝壳类、有蔬菜类，这已经相当专业。天妇罗的上菜顺序一般是从虾开始，海鲜与蔬菜交替出现。海鲜中，从味道清淡、需要低温油炸的鱼类开始，然后步步递进，最后到需要高温炸酥的鱼类。食材的质感上也是从柔软的食材开始吃，最后吃柔韧的食材。蔬菜中，先从茎叶类开始，然后是果

实类和根类，有甜味的蔬菜应该放在靠后的位置食用。

天妇罗的制作，可谓争分夺秒。天妇罗面衣外部的酥脆、内部的水润，在分秒间就会黯然失色，天妇罗最好的时光只有30秒。所以，天妇罗的最佳状态，是在炸好后的30秒内吃掉。好的天妇罗是不吸油的，放在纸上没有油渍，这才是一枚优秀的天妇罗。

一种美食的烹饪技巧从别人那里学习过来，结合当地的食材将它研究、改进至极致，日本美食的匠心，不服不行。

万圣节的南瓜

每年的十一月一日，就是西方传统的鬼节——万圣节。这个节日叫作 All Saints' Day，也有人把这一天称作 All Hallows' Day。在节日的前一天，人们就开始庆祝，这一晚庆祝活动里，除了扮鬼搞恶作剧，还有刻南瓜灯。小朋友们打扮成妖怪，向各家各户敲门，不给糖就捣乱。万圣节前夜"Hallows' Eve"，最终慢慢地缩写演变成了"Halloween"。这是一个全民狂欢的节日。

南瓜灯，什么时候开始？

这个节日，与居住在爱尔兰、苏格兰等地的凯尔特人有关。对他们来说，这一天是夏天正式结束的日子，也是严酷的冬季开始的一天。那时的人们相信，故人的亡魂会在这一天回到故居地，在活人身上找寻位置，借此再生，而且这是人在死后能获得再生的唯一希望。活着的人惧怕死魂来夺生，于是人们就在这一天熄掉炉火、烛光，让死魂无法找寻活人，又把自己打扮成妖魔鬼怪，希望把死人之魂灵吓走。之后，他们又会把炉火、烛光重新燃起，开始新一年的生活。

这么多蔬菜水果可供选择，人们为什么就选择了南瓜呢？其实，南瓜登上万圣节的舞台才不过两三百年，在更久远的年代，万圣节的主角可不是南瓜，而是芜菁，也就是大头菜。

万圣节用蔬菜刻灯的传统背后，是一个邪恶的人和一个善良的魔鬼之间的故事。邪恶的人叫 Stingy Jack，翻译成中文就是"抠门的杰克"。有一天，杰克邀请魔鬼跟他一起喝酒，抠门的他当然不想自己掏钱，于是想了个主意，让魔鬼主动变成硬币，不就可以付酒钱了吗？善良的魔鬼相信了杰克，摇身一变成了一枚硬币。杰克直接把硬币塞进了口袋，还在旁边放了个银十字架，这下魔鬼无法变身回去，只能任他摆布。魔鬼哀求杰克释放自己，杰克却谈起了条件——魔鬼必须答应一年内都不来找他的麻烦，魔鬼答应了他的要求。一年后，杰克与魔鬼又偶遇了，杰克故伎重演，让魔鬼变成了一个苹果，魔鬼又和杰克达成协议，条件是十年内不找杰克麻烦。还没到十年，杰克先去世了。上帝觉得这人实在不厚道，不允许他上天堂。上不了天堂，那就只能下地狱，但善良的魔鬼还是把杰克的游魂送进了漆黑的深夜，塞给他一块燃烧的炭用来引路，这块炭放进挖空了的芜菁里，成了一个芜菁灯，也叫杰克灯。从此以后，杰克就成了举着芜菁灯到处飘荡的孤魂野鬼。之所以是芜菁，只是因为爱尔兰盛产芜菁，那时南瓜还在美洲，等待着哥伦布把它带到欧洲。

芜菁灯之所以会退出万圣节舞台，原因是它太难雕刻了。在南瓜出现之前，萝卜、土豆、甜菜根等其他根茎类蔬菜也常常成为杰克灯的原材料。直到19世纪，爱尔兰移民进入美洲，发现美洲遍地的南瓜堪称完美的杰克灯制作材料，从此，南瓜灯就慢慢成为主流。相比芜菁那吓人的青白色，南瓜那一抹明艳的橘黄，更有节日喜庆气氛，它也因此成了万圣节的标志色彩。

好吃的南瓜品种有哪些？

作为一个吃货，你一定会想到，南瓜刻成南瓜灯，是不是就不能吃了。其实，即使不刻成灯，这些南瓜也不能吃，因为这些南瓜纤维化、木质化严重，煮不烂，嚼不动，更消化不了，所以不必遗憾。金秋季节，正是南瓜上市的时候，好吃的南瓜多得很，比如著名的贝贝南瓜。

贝贝南瓜由日本米可多协和种苗株式会社于1998年通过杂交培育成功，在日本的主产地是爱知县、德岛县和北海道，2002年引进到我国。现在市场上的贝贝南瓜，主要是我国引进成功后的品种，在新疆栽种的贝贝南瓜，质量非常好。贝贝南瓜每个400—600克重，是迷你南瓜的代表，口感粉糯，带有板栗香气。这种南瓜，在日本叫"少爷南瓜"，因为日本有种男孩发型叫"少爷头"，就是"小丸子"的那种发型，据说出现在大正时代，在昭和时代十分流行，现在一些家长还喜欢给小朋友剪这种发型。我国引进"少爷南瓜"后，给它起了个更可爱的名字——贝贝。这个名字改得好，"少爷"是带有阶级色彩的名词，这一改，既变得更加可爱，还确保了名字的政治正确。

日本不是南瓜的原产地，他们最早的南瓜，来自我们中国。南瓜大约在日本天文年间（1532—1555）传入其南部的丰后国，就是现在的大分县。当下，这种南瓜多在日本中部以南的地区进行栽培，由于时间过于久远，连日本人也忘了它是来自中国的，所以也叫它"日本南瓜"。它曾经是日本主流的南瓜品种，但由于淀粉含量不如印度南瓜，地位也被印度南瓜取代。

印度南瓜在日本被称为西洋南瓜。大约在1863年，印度南瓜从美国传入日本，最早在北海道等寒冷地区种植，后来传到关东以南地区。随着饮食西洋化的影响和日本人口味偏好的变化，这种南瓜成为日本最主要的南瓜品种。与中国南瓜不同，印度南瓜淀粉含量更高，口感粉糯，甘甜浓厚，有类似栗子的风味，所以日本的印度南瓜也被称为板栗南瓜。印度南瓜一个1—2公斤重，对于日本普遍小型化的家庭来说，一餐根本吃不完，于是，研发味道相似、更小型的南瓜就变得顺理成章，贝贝南瓜就是在印度南瓜的基础上杂交育种而成的。

南瓜，哪来的？

印度南瓜质量不错，但印度并不是南瓜的原产地。李时珍在《本草纲目》中提到"南瓜种出南番，转入闽、浙，今燕京诸处亦有之矣"。李时珍所说的"南番"，指的就是印度，实际上直到今天，在亚洲从未有南瓜的野生种被发现过，南瓜起源于亚洲南部之说完全不可靠。

考古发现已经证明，南瓜产于美洲。科学家在南美洲乳齿象的粪便化石中发现了南瓜属植物的种子。经鉴定，这些化石是3万年前的，也就是说，南瓜有可能在3万年前就在南美洲存在。之所以说"可能"，是因为这些化石中的种子，只是南瓜属，还不能肯定地说一定是南瓜。目前已知最早的野生南瓜种是在墨西哥东北部山区塔毛利帕斯州的奥坎波洞窟中被发现的，可以追溯到公元前7000年。在公元前3000年的秘鲁奇卡马州的胡阿沙·普雷塔遗址，也发现了南瓜遗存。这些南瓜"祖先种"不但超苦，还有坚硬的外壳。苦味来源于名为葫芦素的防御性化学物质，根本不适合人类食用，现在可食用的南瓜，是人类不断育种优化的结果。

南瓜，何时传入中国？

南瓜原产于美洲，这个结论没问题，但南瓜何时传入中国，却颇具争议。公认的说法是哥伦布把南瓜带到了欧洲，再从欧洲传到了中国。但是，生于南宋，卒于明初的贾铭在《饮食须知》中就曾提到"南瓜"："南瓜，味甘，性温，多食发脚气、黄疸。同羊肉食，令人气壅。忌与猪肝、赤豆、荞麦面同食。"如果贾铭说的"南瓜"就是现在的南瓜，那么问题来了，因为哥伦布发现美洲大陆，要在贾铭去世100多年之后。贾铭所说的"南瓜"从何而来？在贾铭之前未见有对南瓜的文献记载，而中国亦未发现南瓜的其他野生种，所以也不能说南瓜产于中国。一种可能是，贾铭书中所说的"南瓜"，不是今天我们所说的南瓜，而是其他的瓜类植物。

比较靠谱的说法是：南瓜在明朝时传入我国，但因淀粉含量偏少、味道寡淡而不太受待见，饥荒年代没有太多选择才想到这货。李时珍在《本草纲目》中说"其子如冬瓜子，其肉厚色黄，不可生食，惟去皮瓤瀹，味如山药，同猪肉煮食更良，亦可蜜煎"，要和猪肉、蜂蜜一起做菜，这两种东西当时都是奢侈品，普通人家一年难得吃几次，没有了猪肉和蜂蜜，估计南瓜的味道也不怎么样。当然了，有可能李时珍吃到的南瓜品种不太好，在他之后不久，康熙朝的宠臣、内阁学士高士奇退休后写过一本植物学的书籍《北墅抱瓮录》，记录了222种植物，其中就有南瓜，他说"南瓜愈老愈佳，宜用子瞻煮黄州猪肉之法，少水缓火，蒸令极熟，味甘腻，且极香"。高士奇吃到的南瓜，品种就不错，所以说"味甘腻，且极香"，方法是"少水缓火，蒸令极熟"，他把这种方法称为"子瞻煮黄州猪肉之法"，又想到了东坡肉。李时珍说烹制南瓜用猪肉"食更良"是有道理的，这是因为南瓜中富含类胡萝卜素，类胡萝卜素溶于脂肪，猪肉焖南瓜，方便把南瓜的类胡萝卜萃取出来，单吃南瓜，就吸收不到南瓜中的类胡萝卜素。类胡萝卜素在人体内可转化成维生素A，有促进上皮组织的生长分化、维持正常视觉、促进骨骼发育等重要功能。

南瓜的进化史，就是一部人类不断改造食物的历史。我们现在能吃到这么好吃的南瓜，历史并不长。将不太好吃的南瓜刻成南瓜灯，不算浪费。

第三章

寻味《风味人间》

期待已久的美食纪录片《风味人间3》终于姗姗来迟，也吊足了大家的胃口。这一季，陈晓卿老师的团队把目光投向大海，聚焦3.2万公里的海岸线，取名《大海小鲜》。纪录片以四个故事的结构，既拍出了海鲜在海里不为人知又十分可爱的一面，满足了美食爱好者对海洋未知世界的好奇；也展现了极致和家常的海鲜美食，打造出中国海鲜的风味指南，继续让吃货们垂涎欲滴；更不显山不露水地把海上人家对大海的感情、家庭里的情感羁绊展示了出来，让人闭目遐思。

海鲜的取得，从来不容易

海鲜，因含丰富的蛋白质和美味的谷氨酸和核苷酸，成为人类营养和美味的重要来源。根据考古学家的考证，至少在距今4000至6000年前的新石器时代，人类已懂得采拾贝类以供食用，而且已有熟食加工了。在我国古代的众多文献中，也可以找到海鲜的大量记载，有海鲜品种的介绍，有各种海鲜烹饪技巧，当然也有海鲜的养生饮食。但是，面对波涛汹涌、变幻莫测的大海，人类在大部分时间经常是望洋兴叹，向大海索取食物从来都没有容易过。也正因此，贝壳作为最早的货币，被视作财富的象征。直到今天，有"贝"字旁的字，基本都与财富有关，而"贝"字本身，最常组的词就是"宝贝"，尽管被用得有点滥。

辽宁省大连市的海洋岛，年轻的李天佑潜入黄海深处，赶在天气变冷之前，将鲍鱼幼苗播到海底。海南陵水县的新村港，渔民何永兴潜入水中，赶在小青龙远赴大海深处前将其放进网箱。疍家人的生活尽管大多已经转向海洋养殖，但也不习惯陆地生活，老何春节上岸住了三天，感觉却是"难受"，最让他开心的，是小孙女到鱼排住的这几天。山东青岛港东，鱼汛来临，大鲅鱼如期而至，刘慧群收鱼、晒鱼，忙得不亦乐乎，但这种丰收，一年也就是这几天，鲅鱼季承担着一年中最重要的收入。福建平潭东庠岛，一艘小船在大海中起起伏伏，林本本一家，爸爸忙着捕鱼，不多的渔获，撑起了一个家庭的家用，妈妈操持家务，上街卖鱼，伴随着林本本成长的烦恼，一家人辛辛苦苦，也其乐融融。

渔民的饭碗，就是浩瀚的海洋，向海洋"索取"，从来都没有容易过，美味的背后，是别人的四海为家。

出海

美食的不同维度

掀起国人对美食无限热情的陈晓卿老师，当然不会忘记在片中展示美食。"海碰子"李天佑徒手捕来的野生鲍鱼，最后做成土豆炖鲍鱼，这是最土和最豪华的组合。鲍鱼王子麦广帆烹制的吉品干鲍，口感黏糯的背后是复杂的工序：超过一百天的晾晒、盐渍、水煮、吊晒，三年的陈化，三天的浸泡，两天两夜的小火慢煨，这是奢华的享受。在疍家人的餐桌上，名贵的波纹龙虾有多种做法，椰子鸡龙虾已经是复杂版的，这种吃法有点豪迈，而更高级的龙虾麻辣豆腐，就显示出了精致。体硕肉肥的鲅鱼，吃法繁多：用刀刮下鱼肉剁碎，捏出丸子下锅，弹性十足；腌制油炸，做出熏鲅鱼，咸甜可口；把鲅鱼的肉片开，过一遍海水之后，不加任何调味料，直接在架起的网格上"甜晒"，这样制作后的鲅鱼，表皮干而精实，内里却保持柔润，做出来的甜晒鲅鱼贴饼子、甜晒鲅鱼炖豆腐，直让人感叹"此生只恨没生在青岛"。东海东屿岛的锯缘青蟹，蟹膏充满后盖，呈橘红流油状，肉质肥硕绵密而紧致，这种蟹的吐发期只有一个月，被当地人称为金蟳。林本本家的咸食寓意"时来运转",金蟳糯米饭端上了餐桌,观众口水流了一地之余,也因为林本本抱怨"好吃的胡萝卜都给他们吃了"而会心一笑。

作为顶级美食家的陈晓卿老师,深谙美食的精妙之处,拍出的美食,总能抓住其中的关键,并把它们放大。在这一集中,海鲜本身的鲜、嫩特质同样被最大限度地放大,海鲜的"生猛"、肌肉上晶莹剔透的纹理、原汁原味的吃法呈现在观众面前,最大程度保留了海鲜的"鲜美"。

当今讲美食,动不动就是米其林、黑珍珠,诚然,高端餐饮是一座城市美食的一部分,但他们不是主角,大众餐厅和家庭餐桌,才是一座城市美食的主战场。评价一座城市的美食地位,高端餐饮、大众餐饮、家庭餐桌这三个维度缺一不可。某些大城市,高端餐饮众多,星钻闪耀,但在网络上却被评为"美食荒漠",这是为什么呢?高租金、高人工挤占了大众餐厅的生存空间,租金和人工这些不变成本已经占了大头,大众餐厅的消费对象又对价格特别敏感,提不了价的情况下,只能让食材降级,"荒漠"就是这样造成的。陈晓卿老师的美食镜头,虽然也不排除大师和高端餐厅,但受观众追捧、引起共鸣的,更多是那些充满乡土气息的美味，所谓"众口难调"，在这里都不是事儿。

美味传递着的都是爱

四个家庭，四个故事，虽然主题离不开美食，但也都写满了爱意。"海碰子"李天佑家的土豆烧鲍鱼，夫妻之间比赛削土豆，他们家女儿对"幸福"的解答——老婆孩子热炕头，换来的是肯定的会心一笑，这个时候的李天佑，也忘了徒手潜水的辛劳。老何扒开龙虾壳，白中透红的龙虾肉出现，当它从老人手里递给小孙女时，那是一种长辈对晚辈满满的爱。忙得不亦乐乎的刘慧群，给灶台里添上一把柴火，铁锅里豆腐炖着鲅鱼，奶白色的汤汁咕噜咕噜地冒着热气，在铁锅壁上，甩上金黄的玉米面团，谷物和海味的香味交融缠绵。一盘一盘的饭菜上桌，杯盏觥筹，爆竹声声，这就是年味儿。对学习要求太严格的父母，生活上不够温柔的爸妈，餐桌上吃掉林本本最爱的胡萝卜的"他们"，撑着一艘橄榄型的小木船便出海捕鱼了。船只经不起大的风浪，收获不可能丰富。父亲说愿意自己努力一些，这样儿子那一辈就可以少吃一点苦，这话林本本听不到，但当香气四溢的"金蟳糯米饭"端上桌，父母隐藏于食物中的爱意与用心，林本本一定吃得出来。这，就是爱，有爱的食物，一定特别美味。

就物质条件而言，我们生活在一个最美好的时代。而每一种美味，连接的另一头是生计，为了生计，又有多少人四海为家？所有为美味付出的人们，都配得上我们对他们表达的满满敬意。

冒着别人的生命危险吃海鲜

《风味人间3》第二集《弄潮·浪头击水》，陈晓卿老师在朋友圈中预告说"主题是与风浪搏斗，动作性比较强"，被大家故意歪读为"动作片"。尽管已经有了心理准备，但片子播出时，还是看得惊心动魄，手里捏出了汗。陈晓卿老师的美食动作片，够劲！

舟山，58岁的陈玉香，带着两位年近70岁的老人，攀爬在风浪与绝壁之间采集佛手螺，一个回头浪打过来，三个人被卷入海里，幸好离丈夫操舵的船不远，终于可以游上船来。这个镜头，让人知道什么叫"命悬一线"。这真的应了陈晓卿老师的一句名言——冒着别人的生命危险吃海鲜。

采摘佛手螺

"佛手螺"是什么东西?

片中浙东人所说的"佛手螺",学名龟足,属节肢动物门、甲壳动物亚门、颚足纲、有柄目、铠茗荷科、龟足属,主要分布于印度洋、太平洋的热带和亚热带海域,我国南海和东海沿岸常能见到它们的身影,舟山群岛和珠海的外伶仃洋一带尤其多,一般生长在潮间带上部、流水强劲的礁石缝隙之中。其身体分成头状部和柄部,一般宽2—3厘米,高3—5厘米。看似脚爪的部位就是佛手螺的头部,由八块尖利的壳板包裹而成,其中有六块壳板两两一组拼成了三块大壳板,这些壳板看起来像五个指头，也像极了龟的爪子，它的功能是负责伸出蔓足滤食海水中的微小生物。可食用部分是佛手螺的柄部，也就是貌似脚脖子的部位，它负责固定佛手螺藏在石缝里的身体。由于要抵抗海浪冲击，柄部的肌肉特别发达，外面包裹着一层粗糙的鳞片，用手掰开，就露出洁白细嫩的一块小肉。这块肉口感紧实，有蟹肉味，缺点是太小了，吃掉一大盘也不觉得吃下多少肉，对喜欢"大口吃肉、大碗喝酒"的人来说，这东西不解馋。

龟足的叫法很多，基本上都是围绕着它的头部加以想象来命名。有人觉得它与佛像里的手有点像，于是叫它"佛手贝""佛手螺""观音掌"；有人想到了狗爪，所以叫它"狗爪螺"；有人觉得它像鸡冠，所以叫它"鸡冠贝"；有人还想到笔架；日本人还叫它"龟手"……

龟足，会开花吗？

这个外形奇特的东西，一早就引起了古人的注意。广州南越王墓出土的铜錾［móu］、铜提筒、铜壶中，就发现有1500多个龟足，说明西汉时南越王宫中就吃龟足。战国时期《荀子·王制篇》，东晋郭璞的《江赋》，南朝宋沈怀远的《南越志》、南朝梁江淹的《石劫赋序》，唐朝刘恂的《岭表录异》，北宋陈彭年等撰修的《广韵》，明朝杨慎的《异鱼图赞》、屠本畯的《闽中海错疏》，清代聂璜的《海错图》、屈大均的《广东新语》等都有记载，但大家更多的叫它"石蜐［jié］"，里面有一些对龟足的描述，有意思得很。

东晋文学家郭璞写了一篇《江赋》，用华丽的语言描述了博大、壮美、神奇的长江。其中就讲到了长江出海口的龟足，"琼蚌晞曜［xī yào］以莹珠，石蜐应节而扬葩"，用现在的话说就是：大贝迎着日光晶莹如珍珠，龟足顺应时节脚像生花。他说龟足在某些季节会开花！明朝时屠本畯在记录福建一带海产的《闽中海错疏》中说"龟脚，一名蜐，生石上，如人指甲，连枝带肉。一名仙人掌，一名佛手蚶。春夏生苗如海藻，亦有花，生四明者肥美"，讲得有板有眼，说：龟足在春夏两季长出幼苗，像海藻一样，也会开花。聂璜在《海错图》中则解释得更详细："《岭表录》曰'石蜐得雨则生花'，盖咸水之石，因雨默为胎而结成"，说刘恂的《岭表录异》记载的龟足遇到下雨会开花，那是因为龟足平时长在海水里太咸了，遇到雨水就会开花，其实是生出小龟足。聂璜想象力不可谓不丰富。

古人的想象力是极其丰富的，可惜全想歪了。龟足是动物，当然不会开花，之所以误以为龟足会开花，是因为一些藻类附着在龟足身上或者附近，古人把龟足当成植物，以为这些花就会长出小龟足。龟足性成熟时会释放出精子和卵子，在海水中自然交配，形成幼虫后会游也会爬，一旦找到合适的礁石，幼虫就会把自己固定住，然后长成龟足的样子。

采集龟足，要冒着生命危险

龟足长在海中石缝里，采集龟足，一直以来都是一项充满冒险的工作，纪录片中的场面已经够惊心动魄的了，聂璜在《海错图》中写得更吓人：

> 此物多生岩隙或石洞内，取者以刀起之。入洞取者，常有热气蒸人，则体为之鼓。潮至，每有洞窄能入而不能出者。

用现在的话说大意就是：龟足这东西大多生在岩石缝隙或者石洞内，采集龟足的人用刀把它取出来。进石洞采集龟足的人，因为洞里比外面热，热气一蒸，身体就会发胀。涨潮时，如果洞口太小，这些人钻不出来，就会淹死在洞里。说得有鼻子有眼，好像真的似的。洞里温度有可能比外面高，但不足以高到让人身体发胀，想想桑拿屋，人只是出汗，并不会发胀。如果热到身体发胀，首先人就被烤死在里面了。聂璜应该是听当地人胡乱联想，信以为真。真实情况可能是：到洞里采龟足，涨潮时一个浪打进来，人淹死在里面，等退潮时找到尸体，尸体泡在水里自然就发胀，而不是蒸气令人身体发胀出不来。

龟足，是鹅颈藤壶吗？

古人会乱想，今人也常会想歪。龟足对环境的要求很高，所以越来越稀罕，现代人对它的认识就不足，最常见的是把它与鹅颈藤壶等同起来，其实它们不是同一个物种，顶多只是堂兄弟。

鹅颈藤壶主要分布于大西洋东北部沿岸，因其味美而在伊比利亚半岛备受追捧，西班牙人管它叫"percebes"，在葡萄牙语中则被称为"perceves"。"鹅颈藤壶"由深色的圆柱形柄部和十几片壳板包裹的花序状头部组成，外形整体酷似鹅的脖颈，因此而得名

"gooseneck barnacle"。它与龟足最大的区别是脚爪部位，龟足有八个爪，而鹅颈藤壶有十几个爪，柄部也比龟足更长。之所以说两者最多只是堂兄弟，那是因为两者都是节肢动物门、甲壳动物亚门、颚足纲、有柄目、铠茗荷科，但龟足是龟足属，藤壶是藤壶属，同科不同属，是两个不同的物种。鹅颈藤壶喜欢生长在常年被海浪拍打的潮间带高潮区礁石上，采集难度不亚于龟足。在欧洲，这些冒着生命危险换来的海鲜自然价格不菲，在加利西亚、坎塔布里亚、阿斯图里亚斯和巴斯克等著名产地，鹅颈藤壶在市场上常常要卖到好几十甚至上百欧元一公斤。

世界上另外一些海域同样也有着与鹅颈藤壶同属的相似物种，比如产自北美太平洋沿岸的灰蓝太平洋鹅颈藤壶 P. polymerus 和美洲智利沿岸的 P. elegans。这两种鹅颈藤壶口感和味道不如大西洋的，外形也有些不同。太平洋鹅颈藤壶的壳板数目多于大西洋鹅颈藤壶。与龟足比起来，这些藤壶都是"多手多脚"。不过，也难怪大家容易搞混，在西方世界，龟足还被称为"Japanese goose barnacle"，翻译成中文就是"日本鹅颈藤壶"，晕！

看似普通的食材，却是别人冒着生命危险才能采集到的，正如片中所说，"每一丝云淡风轻的背后，都有人拼尽全力"。我们在品尝美味的同时，感恩为美食付出的所有人，也包括我们自己，毕竟我们付出的每一块钱也来之不易，如此品味，方叫值得。

渊薮至味的鱼露

《风味人间3》第三集《调和·渊薮至味》，陈晓卿老师大谈食物取得的劳力与劳心，顺便帮我们捡回个生僻词——渊薮。

"渊"者，深水也，鱼所聚处；"薮"者，水边草地也，兽所聚处，一般泛指人和事物集聚的地方。它也可作动词，意指"聚集"，《南齐书·王晏传》就有："令大息德元渊薮亡命，同恶相济，剑客成群。"这就是这一集想表达的意思——通过调和，聚集美味。它也可指"根源"，王安石《赠陈君景初》诗："堂堂颍川士，察脉极渊薮。"王安石夸奖来自颍川的医生，把脉直指病源。陈晓卿老师这一集，也直指美味的根源，其中就有我们潮汕特色调味品——鱼露。

鱼露，是用廉价小鱼虾为原料，经腌渍、发酵、熬炼后得到的一种味道极为鲜美的汁液。色泽呈琥珀色，味道带有咸味和鲜味。这种兼具食盐和味精功能的调味品，在潮汕菜、闽菜、东南亚菜中比较常见。传统制作鱼露的过程相当复杂，耗时很长。首先是新鲜原料和盐混合，阻止海鲜腐败。其次是经过一年的发酵，海鲜所含的蛋白酶及其他酶，以及在多种微生物共同参与下，对原料海鲜中的蛋白质、脂肪等成分进行发酵分解，产生了富含鲜味的肌苷酸钠、鸟苷酸钠、谷氨酸钠及琥珀酸钠，而咸味则来自为了防止海鲜腐败的盐。鱼露的独特风味不仅仅是由这些物质简单组合而成的，还包括水产原料发酵而来的复杂呈味体系，比如氨基酸、多肽、有机酸、核苷酸关联物、挥发性酸、挥发性含氮化合物等等。再经过滤、杀菌、检验、包装等环节，就可以上市了。天然发酵的鱼露风味独特，非常鲜美，但其生产周期在一年以上，为了获得更好的风味，有的甚至要两三年。

按照传统的工艺制作鱼露，时间太长，成本自然比较高，科技发达的今天，有没有办法加速鱼露的生成呢？经过科研人员的努力，还是找到了一些快速但不太影响鱼露风味的方法。方法之一是低盐高温发酵。传统天然发酵过程中，为了防止腐败微生物的繁殖，

鱼露

采用了高盐度腌渍的方法，高盐虽然抑制了腐败微生物的繁殖，却也同时抑制了蛋白酶的作用。低盐高温发酵法中，低盐可以提高蛋白酶的作用，不超过65℃的高温使蛋白酶更为活跃，加速了发酵过程，也就缩短了周期。虽然低盐不利于抑制腐败微生物，但高温又弥补了低盐在这一方面的不足。至于因为低盐导致鱼露调味时不够咸，这可以在后期加盐予以解决。所以，用低盐高温法酿制的鱼露，需要增加调味的环节。

缩短制作周期方法之二是加曲发酵。在鱼露发酵过程中，加入一些酿造酱油所用的米曲霉或酿造清酒所用的曲种等，利用它们所分泌的蛋白酶、脂肪酶、淀粉酶等，将原料海鲜中的蛋白质、脂肪、碳水化合物等充分分解，经一系列的生化反应，形成鱼露特有的风味。

还有一种方法是从传统鱼露的发酵过程中分离筛选出耐盐菌和嗜盐菌，把这些菌在合适的条件下扩大培养，再加入盐渍的原料中去，能够加速蛋白质等的分解过程，而且其蛋白质分解度高，鱼露风味较好。当然了，把这几种方法一起使用，那周期就更短了。

为了节省成本，还有人用不值得提倡的"速成法"。既然鱼露的鲜主要来自于氨基酸，那就用从植物中提取的氨基酸加上盐水，再勾兑点鱼露，仿佛就有了点鱼露的味道。至于颜色，这更好办，有太多的方法可以勾兑出琥珀色。这些"勾兑鱼露"，风味就谈不上了。市场上的鱼露，一瓶从几块钱到一百多元不等，相对应的是什么品质，相信你懂的。

鱼露的使用范围并不广，但历史非常悠久。其制作方法最早可以追溯到周朝的"醢","醢"就是肉酱，周朝为酿制"醢"还设置了专门的部门，其负责人就称"醢人"。《周礼·天官》有对醓醢，臝醢，蠯醢，蜃、蜱醢，兔醢，鱼醢，雁醢等的记载，其中的"鱼醢"，就与今天的鱼露沾边。东汉经学家郑玄所作《周礼注》中进一步解释，"凡作醢者，必先膊干其肉，乃后莝之，杂以粱曲及盐，渍以美酒，涂置瓶中，百日则成"，与现在制作鱼露的方法已经有点像了。最早的鱼露，应是指腌制咸鱼时排出的鱼汁。这些鱼汁的成分除了盐水，主要就是鱼类蛋白水解产生的多种氨基酸，既鲜美又营养，渔民觉得倒掉可惜，就留下来充当调味料。

潮汕和福建沿海是鱼露的发源地，潮汕和福建华侨又把鱼露带到了东南亚，这几个地方现在还用鱼露调味。潮汕人将鱼露称为"腥汤"，我小时候在家里负责拿旧瓶到市场杂咸铺打腥汤，一斤两毛钱。福建人将鱼露称为"虾油"。东南亚很多国家和地区对鱼露也有不同的叫法，越南叫"纽库曼"（Nuoccham）、泰国叫"侬摩拉"（Nam Pla）、马来西亚叫"菩杜"（Budu）。

曾经作为主要调味料的鱼露，现在也逐渐淡出了潮汕人的餐桌。这主要是受鱼露致癌传闻的影响。说鱼露致癌，直指两个凶手，一个是白地霉，一个是亚硝酸盐。

白地霉，英文学名 geotrichum candidum，是真菌的一种，广泛分布在烂菜、泡菜、有机肥、动物粪便、各种乳制品和土壤等处。有研究指出，白地霉会破坏胃黏膜引致胃部发生癌变。流行病学调查也印证了这个观点，福州和东北是我国胃癌的高发区，福州人年均用20斤鱼露，东北人更是常吃酸菜，这两个东西就有了高度的嫌疑。白地霉具体是怎么引发身体癌变的，这个机理目前还没有足够的研究，如果证据确凿，那么很多食物都会受到牵连。白地霉常见于各种乳制品中，如酸牛奶和奶酪，在泡菜和酱上，也常有白地霉。白地霉的生长温度在 5—38℃，按低盐高温法规范生产的鱼露，因为经过高温消毒环节，可以杀死白地霉，但开盖后保存不当，是有产生白地霉风险的。处理办法是将开盖用过的鱼露放入冰箱，一般冰箱的温度为4℃，不适合白地霉生存。

亚硝酸盐是世卫组织认定的一类致癌物质，就是说有确凿证据证明常服用一定剂量，可以致癌。记住两个前提，"常"和"一定剂量"。鱼露等酱料、腌制食物和不够新鲜的蔬菜都含有亚硝酸盐，被吃到胃里后，在胃酸作用下会反应生成具有致畸性、致癌性的亚硝胺。需要说明的是，我们所有的饮食，包括水、肉、蔬菜、水果等，都不可避免地含有硝酸盐，而硝酸盐很容易在食物腌制过程中或存放不当的情况下被细菌产生的酶转化成亚硝酸盐，想完全避开它们，那结果就是饿死。我们需要警惕的是不要经常摄入过量的亚硝酸盐，只要不是"每天""大量"用鱼露，就不会有问题。另外，维生素 C 和叶绿素可以阻断硝酸盐向亚硝酸盐转化的过程，多吃绿色蔬菜，是很好的防范办法。

美味和健康，有时是一对矛盾体。鱼露的美味，还是值得我们追求的，我的建议是：寻找可靠的鱼露，有时享用一下用鱼露烹煮的菜肴，没有问题。

聪明的章鱼

　　《风味人间3》第四集《赶海·潮来汐往》，向吃货们展示了与潮汐有关的几种海鲜，其中就有青岛灵山岛史盼盼用螺壳诱捕章鱼的画面。抓章鱼倒容易拍，在船上拍就是，拍摄章鱼进入螺壳里，这可太不简单了，须潜入海里，还要等章鱼"入瓮"，能拍到，还得有运气。这种貌似普通的海鲜，其实故事多得很。

章鱼，可能是最聪明的海洋动物

　　片中章鱼躲进螺壳里，这其实是章鱼的聪明才智之一，目的是躲起来，既保护自己，又可以伺机出击，给猎物一个措手不及。

　　但这只是章鱼的雕虫小技，它还有更大的本事。清代聂璜的《海错图》中就记载了章鱼不同寻常的本事：

> 海滨农家尝畜母猪，乳小豕一群于海涂间，
> 每日必失去一小豕，农不解，久之，止存一母猪。
> 一日，忽闻母猪啼奔而来，拖一物，其大如斗，
> 视之，乃章巨也。

说的是海滨农户养一窝猪，小猪们经常在滩涂活动，然而每天都会丢一头，后来就只剩下母猪了。一天，农户听到猪叫声，赶紧跑过去看，原来是母猪拖着大章鱼上了岸，大家"始知章巨能食豕"，章巨，就是章鱼。

小猪成为章鱼的猎物，理论上是有可能的，但这个故事明显有加工环节，每天都丢一头小猪，是不是真的，可以先存疑。科学家做过一个试验，往水中放了一只装着龙虾的玻璃瓶，但瓶口被软木塞塞住，章鱼围绕这只瓶子转了几圈后就用触角将其缠住，然后从各种角度用触角拨弄软木塞，最后成功将其拔掉，得以饱餐一顿。可以说，章鱼的大脑已经是相当发达了。

科学家经分析发现，章鱼体表分布着色素细胞，有黄色素、红色素、棕色素、黑色素等，章鱼可以通过

一次收缩一种色素细胞来变换自身的颜色，通过伪装躲避掠食者，还可以通过呈现出与水、沙质海底或黑色岩缝一样的颜色来捕捉猎物。当有天敌迫近的时候，章鱼会变为深粉色，从墨囊里释放出一团黑色的墨汁，扰乱对方视野，然后迅速逃离。

章鱼有很发达的眼睛，三个心脏，还有两个记忆系统：一个是大脑记忆系统，另一个记忆系统则直接与吸盘相连。章鱼大脑中有5亿个神经元，身上还有一些非常敏感的化学和触觉的感受器，这种独特的神经构造使其具有超过一般动物的思维能力。

章鱼这些"超能"本事背后，是其控制着腕足、吸盘、皮肤和双眼的强大计算能力，这令世界各地的科学家对它充满了兴趣。迄今为止，人类已经揭示了章鱼大脑复杂性的三大线索：章鱼参与环路构建的原钙粘蛋白；参与网络调节，远超人类的锌指基因数量；可通过RNA编辑在转录中增加更多复杂性的功能。这些研究还不是终点，相信未来更多有关章鱼的未解之谜会得到揭示。

章鱼，令人费解的名字

章鱼为人类所认识，最早可以追溯到四千多年前。动物考古学家在秘鲁一个皇家陵墓出土的日常生活、祭祀类器具上，就已经发现章鱼的形象。至于我国，则要等到三国时期。当时东吴丹阳太守沈莹所著《临海水土异物志》中就有"似乌贼肥，食甘美"的记载，可能是中国最早有关章鱼的记录。我国最早明确记载章鱼的，是大名鼎鼎的韩愈。他在被贬潮州途中，初尝岭南食物时所写《初南食贻元十八协律》，就谈到"章举马甲柱，斗以怪自呈"，唐朝人把章鱼叫"章举"，来自中原的韩愈对它的印象是"怪"。到了晚唐，广州司马刘恂在其著作《岭表录异》中，把章鱼叫作"石拒"。

唐朝时章鱼的叫法已经是一团乱麻，到了南宋就更说不清了。宋高宗朝的状元、做过参知政事的梁克家，在他写的福建地方志《三山志》中，曾试图把这事儿说清楚。他若有其事地说：章鱼、章举、石拒是三种不一样的东西，这下把事情弄得更复杂了。他还试图把章鱼为什么有"章"字做出解释——脚上的肉呈一个个的"圈"，排列得很有章法，所以叫章鱼。这似乎有点靠谱，但也只是他个人的猜测。这一时期，江浙一带的地方志中，章鱼的叫法又出现了另一个版本——望潮，这个叫法，一直沿用至今。

明清时期，章鱼的别称就更多了。中国的地域太大，语言各异，信息又不通畅，能写字的读书人对生物的治学态度又极不严谨，这就产生了极大的生物鉴别混乱。

事实上，章鱼科有26属252种，他们的大小相差极大。中国海域主要有8种章鱼，分别是短蛸、卵蛸、双点蛸、真蛸、环蛸、长蛸、纺锤蛸、嘉庚蛸，而别名还有八爪鱼、八带蛸、坐蛸、石居、死牛等等。幸好现在大家都统一叫章鱼，否则各地叫法不一，外人真的会一头雾水。

章鱼的各种功效，靠谱吗？

古人对章鱼的生物学研究连蒙带猜，对章鱼的各种功效倒是认真得很，最出名的是有通乳功效，说食用章鱼可以"通经下乳，治产后乳汁不足"。乳汁不足，有可能是营养不良造成的，也有可能是乳腺不通造成的，章鱼富含蛋白质，倒是可以补充营养。但说它能

"通乳"，主要是从章鱼八只爪、四通八达联想的，这就不靠谱了。

传说中章鱼的第二个神奇功效是提高男性性功能，其依据是章鱼富含精氨酸，精氨酸是人体需要的营养成分。多项医学临床研究也证实，精氨酸具有提高精子数量及活动力的临床作用，每天服用4—5克的精氨酸，持续半年，研究发现约有20%—35%原先不能怀孕的夫妻可以怀孕。但在男性性功能障碍方面，精氨酸表现欠佳。有研究显示，每日单独服用精氨酸3克，持续一个月，仅有5%的患者获得改善。这些研究充不充分姑且不论，章鱼身上的精氨酸，吃到肚子里，经过身体的蛋白酶和胃酸分解，并不一定会变成人体所需要的精氨酸。即便可以，按临床研究数据，每天要服用4—5克精氨酸，折算成章鱼，估计每天需要吃几十到几百斤，试问谁能做到？

不过，章鱼在性能力方面确实有它的"过人之处"。章鱼有八条腕足，而其中一条叫作"交接腕"，交接腕的顶端由勃起组织构成，交接腕与睾丸相连，可以将精子转移到雌性章鱼体内，交接腕就是雄性章鱼的阴茎。在帕劳群岛，人们连续观察了一只巨型雌性章鱼两天半。在观察的第二天，一只雄性小章鱼，在3.5小时内与它交配了13次。

章鱼的各种吃法，你喜欢哪一种？

在《赶海·潮来汐往》中，甬府徐坤雷师傅烹饪的"金葱望潮"，和史盼盼的农家菜"小葱拌八带"，令人垂涎三尺。炒和灼是中式烹饪章鱼的常用方式。章鱼富含胶原蛋白和弹性蛋白，胶原蛋白在65℃时凝固，分解为明胶，带来又软又Q弹的口感，超过70℃又重新集结，再要变得软糯，则需要长时间的炖煮了。中式的爆炒或白灼，都是将中心温度控制在65—70℃之间。

相比之下，韩国人的章鱼食用方式就显得异常生猛。著名的"昏倒章鱼"，菜名儿听起来可爱，但实际上很有活力。首先，他们会将活章鱼的触手清洗干净，讲究顺着一个方向清洗，这不仅可以将章鱼触手中所隐藏的沙子清洗掉，还会让章鱼的肉质吃起来更加嫩滑。之后就是搭配辣椒酱直接吃。章鱼的触手在蘸取辣椒酱的时候，会因为辛辣的原因，神经受到一定的刺激，再放入口中嚼食的时候，章鱼的鲜活感会非常明显，能感觉到它吸盘的生命力。吃这道菜的时候，要细嚼慢咽，如果直接将整块触腕吞下去，它的吸盘很有可能会吸附在喉咙当中，那时候麻烦可就大了。

日本人也生吃章鱼，不过他们以切片蘸酱吃为主，倒没有韩国人那么刺激。著名的章鱼小丸子，是街头小吃，极具表演色彩的烹饪手法，很是吸引行人的眼球。广州曾经有家日料店，前菜有一道清酒煮章鱼，好吃得很，做法是：先用盐清洗活章鱼，并用手按摩半个小时，使章鱼肉质松软；清洗后再放入 -60℃的冰箱中冷冻一个晚上，章鱼所含的水分结冰，破坏章鱼的胶原蛋白组织，使章鱼肉进一步松软；最后用清酒、酱油、味噌汤慢煮一个小时，吃的时候切片，细嫩得很。

再聪明的章鱼，最后还是成为人类的盘中餐。生存需要各种"不择手段"，生活的智慧，却是复杂得多，只懂生存，不懂生活，下场就如章鱼。

荞头炒漕虾

　　《风味人间3》第五集《时鲜·秋去春来》，展示了中国3.2万公里海岸线上不同时令的几种海鲜：腊月东海的带鱼，春天胶东半岛的海肠，四月春夏之交珠江口的凤尾鱼春和漕虾，秋冬之交渤海湾北岸旅顺的海蟹，无一不是时令与时鲜的精彩表达。当中的荞头炒漕虾，就是老广的心头好，解说词已经让人口水流了一地：

> 　　珠江入海口，咸淡水交汇，一些生物会在此时逆流而上。海洋与陆地一样，春季，都是万物躁动的季节……生物的迁移路线奇妙而神秘，渔民的劳作自古就脱不开运气的安排。脊尾白虾，广东人叫它漕虾，膏黄充盈，子粒满怀……漕虾的赏

凤尾鱼春煲仔饭

味期只有十多天，美味当然要留给家人，漕虾油炸，读秒出锅，与藠头同炒，皮酥肉嫩，能带壳入口……

广州人有句谚语，"三月黄鱼四月虾，五月三黎焖苦瓜"，这里所说的四月虾，也有叫清明虾的，因为农历清明前后是虾的繁殖季节，抱卵的虾，积蓄了足够的能量，是它一生中最为肥美的时候，而漕虾更是其中的佼佼者。老广所说的漕虾，就是脊尾白虾，主要分布于朝鲜半岛至新加坡，在中国分布于河北的北戴河、昌黎、乐亭、滦南南堡、丰南涧河，天津的北塘、塘沽，黄海、东海及南海北部的沿岸也都有脊尾白虾的踪影。这种虾最大的特点是小而白，因为虾青素含量少，加热后虾壳不会变红，而是通透的淡淡的橙红。产卵前的漕虾，体内的大部分钙分配给了虾子，缺钙的漕虾"骨质疏松"，因此虾壳都是软的，连壳带虾子一起吃，鲜味提高了好几倍。广州的漕虾多见于南沙十八涌、十九涌，它们只在清明前后这段时间出现，到咸淡水交界处产卵。漕虾一般白天潜伏在泥沙下1—3厘米处，不活动，不摄食，只有夜间才出来。渔民选择半夜在这些地方布下天罗地网，能捞多少算多少。漕虾起水即死，目前广州的漕虾还未实现人工养殖，广州市场上看到的漕虾，都是野生品种。

采购漕虾也有技巧。母漕虾比公的要更胜一筹，这是因为母漕虾有丰润饱满的虾子，不仅能尝到爽滑的虾肉，还吃得到香喷喷的虾子。漕虾虾子的颜色有红有褐，有人称从珠江口游到香港的漕虾，虾子是红色的，从香港游到珠江口的漕虾，虾子是褐色的，这纯属戏说。真实情况是，红色的代表这虾刚刚抱卵，此时是最好的时候，入口滑溜。至于褐色，则代表这虾子即将变成虾宝宝，快"散春"了，比较黏口。购买时，选带有鲜红色虾子的为佳。

漕虾

白灼漕虾

荞菜炒漕虾，这对组合历史悠久，且二者都是清明"当造"（即粤语的"时令"）的食材。烹制此道菜的诀窍就一个字——"快"，做法如下：

材料：漕虾、荞菜、生姜、红椒丝、盐、料酒。

制作方法：

1. 剪去虾的头和须，将虾洗净沥干水后备用；

2. 荞菜择洗干净后，切段；生姜、红椒切丝备用；

3. 热锅后放入漕虾大火翻炒，直至漕虾变成橙色，或者油炸至橙色后捞起；

4. 热锅下油，生姜爆香，把荞菜、漕虾、红椒丝依次倒入锅中，继续猛火快炒；

5. 加盐调味，倒入少许料酒，翻炒片刻即可。

老广说的荞菜，就是藠头。《本草纲目》载："薤，一名藠子，或作荞。"李时珍把它说清楚了，我国最早的五种蔬菜"葵、韭、藿、薤、葱"中，"薤"［xiè］就是藠头，也叫"荞"。在张骞把大蒜带回中国前，它们都叫"蒜"，大蒜到来后，它就只能叫小蒜了，有些地方也写成"茭"，这是以讹传讹。《礼记》记载："脂

炒漕虾

用葱，膏用薤。"这里的"脂"，指的是有角的动物，如牛、羊、鹿，"膏"指的是没角的动物，比如猪。古人把"脂"和"膏"弄得很复杂，我们先不理它，但这说明三千年前的西周，人们就开始用荞菜炒猪肉了。

荞就是薤，薤就是"薤"，这个东西在古代文人心中还是有一定地位的。像乐府诗《薤露歌》载："薤上露，何易晞！露晞明朝更复落，人死一去何时归！"这是古人借用小蒜上的露珠感慨人生短暂。《汉书·龚遂传》有记："遂为渤海太守，劝民务农桑，令口种……百本薤。"这是说龚遂叫辖区的人种薤。古人可能觉得"薤"好看又好吃，还经常见，所以频频将其写入诗中，杜甫、韩愈、白居易、李商隐、王安石、苏轼、陆游，哪一个笔下没有"薤"？而史上"薤"的第一粉丝，当推白居易，他在众多诗作中，都说到了"薤"：

薤叶有朝露，槿枝无宿花。
——出自《劝酒寄元九》

望黍作冬酒，留薤为春菜。
——出自《村居卧病三首》

种薤二十畦，秋来欲堪刈。
——出自《村居卧病三首》

佐以脯醢味，间之椒薤芳。
——出自《二年三月五日斋毕开素当食偶吟赠妻弘农郡君》

酥暖薤白酒，乳和地黄粥。
——出自《春寒》

滑如铺薤叶，冷似卧龙鳞。
——出自《寄蕲州簟与元九因题六韵》

与葱、蒜、韭菜是亲戚的荞菜，都是葱属，所以，荞菜兼具葱、蒜、韭菜的味道。大蒜被引进到我国后，荞菜逐渐沦为配角，更多的是采用它的鳞部，做成酸甜口的泡菜，就是俗称的"藠头"或者"荞头"，老广则是连着茎部一起吃。荞菜原产地就是我国，在长江流域及长江以南地区广泛栽培。在偏冷气候条件下发育较为良好，冬季及夏季30℃以上时休眠。珠三角的春天，正是荞菜的季节，各种荞菜的吃法五花八门，将漕虾换成烧肉，就是"荞菜烧肉"，换成鱼饼，就是"荞菜鱼松"，都是广府菜里的春季应季菜。

正如解说词所说，"时令鲜物，总是昙花一现即走，却年复一年又来"。辛勤劳作的人们，追着时令捕捞采集，也创造着他们自己的幸福生活。正常人的日子，从来就是一边付出，一边收获，当我们尝到食物的美味时，一天的辛劳，也就有了回报，这就是美食带给我们的意义。

石花膏、冰粉和仙草冻

《风味人间3》第六集《花样·似水流年》，出现了泉州的夏日美食石花膏，这种流行于福建和潮汕沿海的美食，是怎么做的呢？

石花膏的原材料是海石花，海石花是海里的一种珊瑚状藻类生物，长在海边石头上，石头要够大，还得要够干净，不能有泥巴，不然海石花就不长了。雨水多的年份，海石花就长得好，因为雨水把石头冲刷得很干净。这类石花菜大约有40种，生活在温带海洋里。藻体含有大量半乳糖，主要以多糖形式存在于植物胶中，其中约70%为琼脂糖，30%为支链琼脂糖。琼脂糖在水中一般加热到90℃以上溶解，温度下降到35—40℃时形成良好的半固体状凝胶。

纪录片中，嘟嘟的妈妈将海石花在水中煮了三个多小时，经过过滤，再静置三个小时，如玛瑙般晶莹剔透的石花膏就形成了。刨成丝，拌上水果粒，浇上蜂蜜水，"晶莹剔透的丝丝缕缕，溜滑跳弹，甜蜜的味道爽冽缠绵，给炎炎夏日以无限的清凉"。这不仅仅是泉州的美食，也是潮汕沿海地区的美食。记得小时候，在炎炎夏日，戴着草帽的阿伯，骑着自行车，车后装着一个大桶，桶里装着自家制的石花膏，穿街走巷地吆喝着"卖海石花咯！"，我想，这应该也是许多潮汕人的儿时记忆。

这让人想起了流行于云、贵、川的夏日美食——冰粉。在云、贵、川，没有冰粉的夏天是不完整的。一进入夏天，满大街都是冰粉摊，晶莹剔透、口感凉滑的冰粉，不但是当地人的最爱，更是很多离家在外的人难以割舍的味道。传统的冰粉制作工艺，需要冰粉草籽（也叫石花籽）和石灰水。冰粉草是原产于秘鲁的茄科植物假酸浆，后来在云、贵、川、湘、桂引种成功。它的果实很像小核桃，用钳子夹开，里面是比芝麻还小的籽，取出小籽装进纱布袋中，在净水中搓揉布袋，揉出籽里的胶质成分后，倒入石灰水会加速凝固，常温静置一两个小时，水会自然凝固，冰粉就做成了。

为什么要用石灰水呢？作为制作冰粉的主要原料，假酸浆的种子内含有大量的果胶，果胶很容易吸水和溶于水，溶解在水中的果胶要想成为凝胶状，需要果胶分子紧密地"纠缠"在一起。这通常要依靠分子上的极性基团之间形成氢键，然而果胶上的极性基团——羟基不算丰富，很难形成足够强的氢键，因此果胶无法成型。这时，石灰水就派上用场了。石灰就是碳酸钙，其中的钙离子可以吸引游离的羟基，这样，多条果胶链可以依靠钙离子形成所谓"蛋格"结构，大大提高紧密性，从而成为我们看到的"冰粉"。

这又让人想起了仙草冻，有的地方叫它"凉粉"，潮汕人叫它"草粿"。仙草是唇形科凉粉草属一年生草本宿根植物，分布于台湾、福建、浙江、江西、广东、广西等地的山沟、河边及干沙地草丛中，具有清热、解暑、利尿的功能。将仙草加石灰水熬水，澄清后加淀粉稍煮一下，放凉后就自然凝固成了仙草冻。仙草能做成仙草冻是因为它含有丰富的可溶性多糖类物质，仙草多糖主要存在于细胞壁中，溶于水后凝固成胶状，统称为仙草胶。与制作冰粉一样，仙草胶属于酸性多糖，在碱性溶液中容易溶解和凝固，制作过程中加点石灰水或食用碱，有助于胶质的释放和凝固，但仙草里的果胶含量有限，为了加速凝固，就需要淀粉帮忙。仙草冻的黑色源于细胞中的类黄酮类物质，这类物质在碱性环境中更容易溶出，石灰水可以让仙草冻更黑，看起来也就更有"疗效"。

石花膏、冰粉和仙草冻，主要成分都是果胶类多糖，因此口感上非常相似。在炎炎夏日，这类果冻类的小吃，加上一勺糖水，入口甜丝丝的，从唇边、舌尖滑向喉咙，一路"溜达"到胃里，吃过以后就像是冲了凉水澡一般的清爽，仿佛能把燥热压下去。"凉爽"这种体验，是由触觉中负责感知温度的蛋白质来完成的，这几种美食都有"滑溜"的特点，传递到大脑就是"爽"，而"爽"往往与"凉"结伴而来，于是大脑也做出了"凉"的判断。尽管吃下了这些东西并不能真的达到降温的目的，但这就是所谓"消暑"。当然了，现在有了冰箱，石花膏、冰粉、仙草冻往往是经过冰箱储存，降温效果自然就更加明显了。说到其他功效，也是有的，比如多糖类物质在肠道中吸收水分，使肠内容物膨胀，增加大便量，刺激肠壁，引起便意，所以经常便秘的人可以适当食用这类美食。

冰粉和仙草冻，相信大部分人都吃过，但石花膏这种美食，估计很多人是看了这部片子才知道是什么的。其实，石花膏你肯定吃过，只是吃的时候没有人告诉你这就是石花膏。比如你在市场上买到的各类即食燕窝产品，它们的主要成分就是石花膏。琼脂糖做出的产品，其质感与燕窝十分相似，把石花膏刨成细丝，与燕窝混在一起，你根本无法辨别，反正这两种东西都没什么味道。好的即食燕窝，一碗里面的燕窝含量会有5克左右，这已经是良心企业，毕竟才一百多元一碗，如果里面全是燕窝，这生意没法做。某品牌的即食燕窝，被查出里面根本就没有燕窝，全是石花膏，"良心大大的坏"！

即使你不吃燕窝，你也肯定吃过石花膏。比如我们常吃的果冻、冰激凌、乳品饮料、果汁饮料、果冻类糕点、软糖、罐头、八宝粥中都含有石花膏类的琼脂。将石花膏混在这些"高档"食材里一起吃，又黏又滑的口感，让你想到了"营养丰富"，而单独吃一碗石花膏，你想到的是物美价廉，仅此而已。

怎么样，是不是索然无味？一些事，不知道真相，可能更好。

蝤蛑之奇

　　《风味人间3》继续热播，第七集《厚味·余韵悠长》，让吃货们见识到生活在海边的渔民，拥有怎样对抗时间的智慧，不同保存手法和时间，又带来了怎样余韵悠远的滋味。虾皮、咸鱼、鱿鱼卵醢、醉虾、醉蟹、醉泥螺、醉蝤蛑相继登场，和我一起观影的七岁女儿花生也说看饿了。这些海产品中，蝤蛑比较少见，但却有意思得很。

　　蝤蛑是生活于辽东半岛、江苏、浙江、福建、台湾、广东等地沿海咸淡水交界处的淡水产小型蟹类，学名相手蟹，这是由于它行走时两只前螯合抱，一步一叩首，摇摇摆摆，"彬彬有礼"，犹似古人行礼作揖状，所以叫"相手"。更文绉绉的叫法还有"礼云"，取自《论语》"礼云礼云，玉帛云乎哉"，说蝤蛑讲礼。

民间叫法就多了，有称磨蜞的、有写成螃蜞的，片中宁波人还叫它"螃元蟹"，我们潮汕人叫它"爬蜞"。它属甲壳纲、方蟹科，头胸甲略呈方形，体宽3—4厘米，也就是大拇指般的宽度。

中国地域太大，古人信息不对称，一种食物有诸多不同的叫法，今人经常会为此发生争执。但蟛蜞不会，各种名字都是谐音，很容易就心领神会。倒是与蟛蜞相似的几种蟹，让人丈二和尚摸不着头脑，这其中少不了北宋年间进士吕亢和南宋洪迈的"功劳"。吕亢是文登人，就是今天的山东威海，官至浙江台州府临海县县令。史料证实，吕亢于九经之外，还多识草木鱼虫，特别是对蟹颇有研究，著有《蟹谱》一卷，并请画工作图十二幅，刻印行世。"有图有真相"，可惜的是，吕亢的《蟹谱》失传了，图更是无踪无影，南宋洪迈著《容斋随笔》说了个大概：

> 文登吕亢多识草木虫鱼，守官台州临海，命工作蟹图，凡十有二种。一曰蝤蛑，乃蟹之巨者，两螯大而有细毛如苔，八足亦皆有微毛。二曰拨棹子，状如蝤蛑，螯足无毛，后两小足薄而微阔，类人之所食者，然亦颇异，其大如升，南人皆呼

为蟹，八月间盛出。人采之，与人斗，其螯甚巨，往往能害人。三曰拥剑，状如蟹而色黄，其一螯扁长三寸余，有光。四曰彭蜞，螯微毛，足无毛，以盐藏而货于市。《尔雅》曰："彭螖，小者蟧。"云小蟹也。螖音泽，蟧音劳，吴人呼为彭越。《搜神记》言，此物尝通人梦，自称长卿。今临海人多以"长卿"呼之。五曰蝎朴，大于彭蜞，壳黑斑有文章，螯正赤，常以大螯障目，小螯取食。六曰沙狗，似彭蜞，壤沙为穴，见人则走，曲折易道不可得。七曰望潮，壳白色，居则背坎外向，潮欲来，皆出坎，举螯如望，不失常期。八曰倚望，亦大如彭蜞，居常东西顾盼，行不四五，又举两螯，以足起望，惟入穴乃止。九曰石蜠，大于常蟹，八足，壳通赤，状若鹅卵。十曰蜂江，如蟹两螯，足极小，坚如石，不可食。十一曰芦虎，似彭蜞，正赤，不可食。十二曰彭蜞，大于蜞，小于常蟹。吕君云："此皆常所见者，北人罕见，故绘以为图。"

这里位列第四的彭蜞，"螯微毛，足无毛，以盐藏而货于市。《搜神记》言此物尚通人梦，自称长卿。今临海人多以'长卿'呼之"。说它螯有少许毛，足无毛，这与蟛蜞相反，蟛蜞是螯无毛，足有毛。但用盐腌来吃与蟛蜞一样，别名"长卿"，而蟛蜞早就拥有此名。晋朝的崔豹在《古今注·鱼虫》就有"蟛蜞，小蟹也，生长海边涂中，食土，一名'长卿'"的记载，这真让人头晕。而崔豹也有说得不正确的，蟛蜞不吃土，吃的是腐殖质和草。洪迈引《蟹谱》第十二就是蟛蜞，只是说比彭蝈大，完全忽略了蟛蜞与彭蝈足有无毛这一明显区别。古人考据很不严谨，让我们一头雾水，他们的种种说法，我们必须打个问号。

蟛蜞确实太小了，拇指大小，除了壳和脚，哪有什么肉吃？通常的吃法，不会选择清蒸、油炸、盐焗、姜葱炒，而是变着戏法地吃，把蟛蜞之小淡化，弄得更小，反而不觉其小。比如江浙做成醉蟛蜞，福建和潮汕地区的生腌蟛蜞，这些做法都有个特点——味道特别浓郁，蟛蜞的蛋白酶把蛋白质分解为呈鲜味的多肽和氨基酸，所以特别鲜。蛋白质的链条被破坏，发生轻度水解，所以特别糯。为了不让蟛蜞腐败变质，就需要下很多酒或盐或酱油，所以味道特别浓。这么浓郁的东西，小小一口你已经很满足，也没法多吃，所以你不会嫌它小。

福建和东莞把它捣成酱，用炒米或锅巴一起捣碎，是为了加速发酵，大量的盐参与，可以让蟛蜞酱不会发臭。只需要一小勺，"蟛蜞酱气味浓烈并伴有尖锐的鲜香，但与蔬菜一起爆炒后，收获脆爽口感的同时，香味极为优雅"，酱，你总不会嫌它小吧？

更精致的吃法，是珠三角一带只吃蟛蜞的卵，也就是传说中的礼云子，记得上面提到蟛蜞学名叫相手蟹，文绉绉的叫法为"礼云"吧？每年春分前后，正是蟛蜞抱卵的时候，抓来母蟛蜞，揭下后盖，就可以见到灰褐色的蟛蜞卵和大量的泥沙，用水反复清洗，再用布袋过滤，就可以得到礼云子。这个过程十分烦琐，6—7斤蟛蜞才可得到2—3两礼云子，会卖什么价你闭上眼睛都可以想到。灰褐色的礼云子含有大量的虾青素，加热后变成高贵的爱马仕橙色，既鲜艳又鲜美，没吃过你就别吹自己多会吃。这么贵的东西，你也不会在乎它小，就如钻石和石头摆在你面前时，你不会选择大块的石头一样。

蟛蜞古已有之，但却被认为吃不得，史上就有个著名的故事"误食蟛蜞"，出自《世说新语·纰漏》：

蔡司徒渡江，见彭蜞，大喜曰："蟹有八足，加以二螯。"令烹之，既食，吐下委顿，方知非蟹。后向谢仁祖说此事，谢曰："卿读《尔雅》不熟，几为《劝学》死。"

这段话也出现在《晋书·列传第四十七》，看来是真的。蔡谟［mó］，字道明，陈留郡考城县（今河南省民权县）人。东晋时期重臣，官至司徒，与诸葛恢、荀闿并称为"中兴三明"，能写；饮酒史上又与郗鉴等八人并称为"兖州八伯"，能喝。这段话是说蔡谟在永嘉南渡到江南之后（可能是在公元313年夏），见到一物，二螯八足，心下大喜，这不正是我蔡家老祖宗蔡邕写的《劝学篇》中所讲的螃蟹吗？于是叫人煮来吃。吃完后，上吐下泻，精神萎靡不振。这才知道自己吃的不是螃蟹，而是蟛蜞。后来，他去谢家看望谢仁祖时说起此事，谢仁祖说："你个二货，《尔雅》你不好好读熟，差点就被《劝学篇》害死！"

《劝学篇》是蔡谟的祖宗、东汉大学者蔡邕的名作，蔡邕就是蔡文姬的爸爸，牛得很，他做了一项很牛的工作就是正定六经，把经书中的一些错误校正过来。当然他不是说圣人们弄错了，而是说那时大家手中的经籍距圣人著述的时间久远，文字错误多，被俗儒牵强附会，贻误学子。其中就包括纠正了《荀子·劝学篇》中的"蟹六跪而二螯，非蛇鳝之穴无可寄托者，用心躁也"，他认为蟹不是六只足两只螯，而应该是"蟹有八足，加以二螯"。蔡谟是蔡邕的后人，又是大学者，对这一段当然熟悉得很！他看到蟛蜞八足二螯，没吃过螃蟹的他把蟛蜞当螃蟹煮着吃，结果食物中毒，差点要了命，说给谢仁祖听，还被他取笑，说蔡谟只会读自家老祖宗的书，却没好好读《尔雅》。蔡谟的这个故事，还被古人作为典故——尔雅不熟，取笑了近两千年。

《尔雅》是中国辞书之祖，有说到蟛蜞吗？没有！但却说到了前文所说的彭蝤，载"蟧蟛，小者蟧"。与蔡邕同一时代的另一牛人郭璞给《尔雅》做注，说蟧蟛"即彭蝤也，似蟹而小。音滑"。蔡谟若熟读《尔雅》，便可知蟛蜞虽"八足二螯"，但"似蟹而小"。由此可见，至少在东汉，蟛蜞就是彭蝤。倒是到了宋朝，吕亢和洪迈将这两个名词安在了两个相近物种的身上。

吃了蟛蜞真的会上吐下泻吗？我们现在知道不会，但蔡谟吃了确实又吐又泻，而且古医书都说会，《木草拾遗》就说它"有小毒……食其（蟛蜞）肉，能令人吐下至困"，又说"膏：主湿癣，疳疮不瘥者，涂之"，

《本草纲目》说它"咸，冷，有毒"，这是怎么回事呢？原因只能是两个：一是一部分人对蛏蜞的蛋白质过敏；二是蛏蜞生活在淡水滩涂，又吃腐殖质，生存环境极不卫生，身上带有大肠杆菌、沙门氏菌等病菌，煮得不够熟的话，这些病菌没被杀死，就会造成感染。

《本草求原》说蛏蜞可"解河豚毒"，这不奇怪。古人误吃河豚中毒，除了龙脑水、橄榄汤、槐花末这些不靠谱的方子，还用了"粪清"，就是屎汤，谁喝了那玩意儿都会吐。现代医学在救治河豚中毒患者时，第一步也是催吐。既然吃蛏蜞会呕吐，当然也就可以"解河豚毒"了，前提是不要洗干净，最好还是生吃。

今天我们吃蛏蜞，还是得注意食品安全。

续说蟛蜞

看《风味人间》，没想到细如蟛蜞也引起陈晓卿老师团队的关注，我也一头钻进古人的"蟛蜞"堆里，扒一扒蟛蜞的那些趣事，意犹未尽，继续扒。

前文已述，我认为古人说的彭蜞与蟛蜞是同一种东西。蟛蜞生活在入海口的淡水或咸淡水滩涂中，从辽东半岛到南海都有它的踪影。据清朝陈其元《庸闲斋笔记》记载："南汇海滨广斥，乡民围圩作田，收获颇丰。以近海故，螃蜞极多，时出齿稼……其居民每畜鸭以食螃蜞，鸭既肥，而稻不害，诚两得其术也。"蟛蜞多到用来喂鸭。

《尔雅》，"尔"是"近"，"雅"是"正"，"尔雅"的意思是接近、符合雅言，即以雅正之言解释古汉语词、方言词，使之近于规范。《尔雅》成书于战国或两汉之间，全书收录4300多个词语。尽管用今天的标准来看，《尔雅》的知识容量相当有限，但是在古代已经非常可观了。在动物方面，《尔雅》用了五个篇幅，有《释鸟》《释兽》《释畜》《释虫》《释鱼》，蟛蜞作为常见之物，不可能不涉及，但在《释鱼》里，只有彭螖，没有蟛蜞，如果它们不是同一种东西，于理不通。取笑蔡谟"误食蟛蜞"的谢尚，就认为《尔雅》里的彭螖就是蟛蜞。

取笑蔡谟的谢尚，也是一牛人。谢尚，字仁祖，陈郡阳夏（今河南省太康县）人。东晋时期名士、将领，豫章太守谢鲲之子，还是"东山再起"、指挥淝水之战的谢安的堂兄。他本人也牛得很，历任江州刺史、尚书仆射等职，后进号镇西将军，都督豫、冀、幽、并四州。他任豫州刺史长达十二年，使陈郡谢氏得以列为方镇，成为东晋朝廷的一支非常重要的力量。谢尚才艺兼备，《晋书》说他"善音乐，博综众艺"。如此牛人，熟读《尔雅》，他说《尔雅》中的彭螖就是令蔡谟吃后上吐下泻的蟛蜞，蔡谟也不反驳，可见至少在东晋，彭螖就是蟛蜞，蟛蜞就是彭螖。

五代宋初，有个蟹痴美食家陶谷，就是写下美食巨著《清异录》的牛人。他生于动荡的五代十国时期，历仕后晋、后汉、后周和北宋，《宋史》对他的评价是："谷强记嗜学，博通经史，诸子佛老，咸所总览；多蓄法书名画，善隶书。为人隽辨宏博。"但对他的人品，则是一致的差评。这人是一个顶级美食家，而且对螃蟹情有独钟。在《清异录》里，有四种蟹被他授予了"爽国公"的爵位，这四种蟹是"一，南宠，乃�；二，甲藏用，乃蝤蛑；三，解蕴中，乃蟹；四，解微子，乃彭越"，分别是三疣梭子蟹、青蟹、大闸蟹和彭�。彭�，也被写作"彭越""彭蚏"。能被大美食家喜欢上的彭�，不可能一下子消失，也不可能让现代人对不上号，很有可能就是蟛蜞。

《圣宋掇遗》记载：有一年，陶谷出使吴越，吴越国王钱俶［chù］听说陶谷爱吃螃蟹，特设螃蟹宴款待他，"自蝤蛑至蟛蚏，凡罗列十余种"，俨然螃蟹开会。陶谷不仅不表示感谢，还笑曰："真所谓一蟹不如一蟹也！"借螃蟹讽刺吴越国王一代不如一代。作为北宋的外交大臣，以大国欺负小国，全然不顾人家投其所好，以蟹宴热情接待他的一番好意，这很符合陶谷不会做人的性格，也顺便贡献了一个成语：一蟹不如一蟹。注意，这里的一堆蟹，就包括了彭蚏，可能就是蟛蜞。

吴越国王钱俶也不是省油的灯，等到宴会快要结束的时候，命御厨端来葫芦羹，钱俶一脸坏笑地说："先王时，御厨常常喜欢做一些葫芦羹，今天的御厨也依样做了些……"钱俶命人依样做葫芦羹，取笑的就是陶谷。据《尧山堂外纪》卷四十二《宋》记载：北宋年间，陶谷自认为久在翰林院，功劳不小，便请身边亲近的人向皇帝推荐自己，希望可以得到重用。宋太祖笑道："我听说翰林学士起草诏书，都是参照前人旧本，再换几个字句，不过是依样画葫芦而已，算不上什么贡献。"这便贡献了一个成语：依样画葫芦。陶谷听闻，题诗自嘲道："官职须由生处有，文章不管用时无。堪笑翰林陶学士，年年依样画葫芦。"太祖得知，更加不愿重用陶谷。钱俶用"依样画葫芦"取笑回敬陶谷，于是，众人大笑，陶谷也尴尬得很。不得不说，古人这种骂人不带脏字的功夫，甚是了得。

《尔雅》说到彭螖，只是说它"似蟹而小"，到了东晋，彭螖被认为就是蟛蜞，但北宋时吕亢又认为两者不是同一样东西，说彭螖比蟛蜞还要小。比蟛蜞还小的，那只能是寄居蟹了。还真有人认为彭螖就是"螺属"，藏在贝壳里，不是寄居蟹是什么？据说持这种说法的是三国时期曹魏的古汉语训诂学家张揖，他在字典《埤苍》中这么说过，可惜《埤苍》佚于宋代，没人继续研究了。这种观点只是张揖一人之见，在他之后的谢尚、蔡谟都没有采纳，可见入不了主流。

　　还有一种小螃蟹，是比蟛蜞大一点的扁蟹，与蟛蜞有点像，东莞人叫它"虾鲺"，有人错写成"虾辣"。扁蟹学名字纹弓蟹，体扁平，头胸甲呈方形，边缘较锋锐，具细颗粒，眼窝小而深，螯足对称。我国的广东、海南岛、西沙群岛、福建、浙江等地可以见到。扁蟹，一般生活于河口半咸水区域，又可到离河口不远的淡水中。幸好扁蟹与蟛蜞区别还是挺大的，如果古人也把它弄进来，那真是乱成一锅粥了。

美食的阶级性和政治正确

随着《风味人间3》最后一集《赓续·代代相传》的落幕，陈晓卿老师的这一季美食盛宴也完美收官。50天的跨度，在快速浏览阅读的时代，这是一次冒险，试探观众的耐心，也考验陈晓卿老师团队的心脏有多强大，其中的忐忑和纠结，我不敢问，因为我也一直在纠结。

陈晓卿老师是个讲故事的高手，尤其擅长对比，在之前的两季，是同一种食材的中外对比，让我们的视野豁然开朗。这一季的叙事方式也是对比，只是隐藏得够深，那就是同一种食材在高端餐饮与大众餐饮中的对比，对比的形式也旗帜鲜明：对大众餐桌，大张旗鼓，人物有名有姓有故事；对高端餐饮，偃旗息鼓，再有名的师傅，也只有几个镜头，无名无姓，生

蚝汁扣花胶

怕引起广大人民群众的反感，这是陈老师的纠结。

伟大领袖曾提出一个问题：文艺为谁服务？这个问题同样也困扰着美食界：美食为谁服务？美食有没有阶级性？如何才能做到美食的政治正确？

我这不是危言耸听，这个问题有时是真实存在的。目前的美食榜单中，比较有影响力的米其林、黑珍珠、金梧桐，都主要聚焦于高端精致餐饮，那些大众餐饮根本不符合他们的标准，所以被排除在外。现在虽然也附带了大众化的"必吃榜""必比登"，但毕竟不是他们的主攻方向。大众餐饮里面没有美食吗？显然不是！这三个榜单就是高端、精致美食榜单，以此来划分美食的高端精致阶层和大众阶层，对应的是高端餐饮和大众餐饮，精致美食与大众美食，美食的阶级性是现实存在的。

于是，在美食评论上，这种消费层级也往往"斗争激烈"：大众消费阶层说精致餐饮我们消费不起，精致餐饮就是"盘子大，中间一小撮，塞牙缝都不够"，"去头去尾留中间，收的却是全尸价"；高端消费阶层说大众餐饮"粗制滥造水平低，环境嘈杂乱哄哄"。作为大众传播形式，美食纪录片的主要受众是大众消费阶层，

酱青蟹

它的价值观要与它的观众一致，否则就会"众叛亲离"。但美食的常识又提醒纪录片团队，精致美食里，有食物和烹饪的精彩表现之处。于是，这种安排，算是纠结中的妥协，妥协得也很纠结。

正如陈晓卿老师自己所说，中国美食的历史很长，但中国人吃饱饭的历史很短。我们用40年的时间从饥饿走向温饱，再从温饱走向小康，于是现在有了美食的大繁荣，美食繁荣的大幕刚刚拉开，远远还没到真正的精彩之处。在这一阶段，不同的经济基础、不同的消费观念会产生不同的美食价值观，"朱门酒肉臭，路有冻死骨"几乎不可能发生在我们这个社会。但是，不同的消费层级确实存在，美食可以安抚人的胃，但会不会让部分人内心躁动甚至不满，这是美食研究者和传播者所担心和忌惮的，我也不例外。

一个社会应该是多元的，各种消费层级和消费观，都应该得到照顾。就美食而言，不仅仅有精致美食、大众美食，还有家庭美食，大多数人的一日三餐，是在家里完成的，美食的研究和传播，当然不应该忽视这一块。这是陈晓卿老师从《舌尖上的中国》到《风味人间》一直关注的热点，常用到的词语是"日常"。大众餐饮，这是大多数人外出就餐的选择，如果只是为

西班牙大锅饭

海参筋

了满足口腹之欲，或者普通的聚会，大众餐饮不论是风味上还是价格上，都让我们如沐春风。大众餐饮有着鲜明的地域特色，把我们从厨房解放了出来，也尝到了不一样的风味，在陈晓卿老师团队的镜头下，表现出的是各种温暖，常用到的词语是"人间烟火"。精致餐饮，迎合商务应酬和高消费人士的消费偏好，大众消费阶层偶尔消费，也可以感受到不一样的美食体验。经济快速发展的时代，精致餐饮也不再是高不可攀，越来越多的消费者也可以偶尔尝试。这一块，《风味人间3》"偷偷地"塞了一些进去，不声张，估计是想试探一下观众的反应。

我认为，陈晓卿老师想多了。当下，我们的社会消费观念不仅多元，消费者也已经日渐成熟，不同的消费阶层各自安好，大众消费对高端消费大多是"羡慕"。精致美食也是"人民群众对美好生活的向往"的一部分，大方地展示，不会有什么政治不正确，相信观众也一样会喜欢。

精致美食、大众美食、家庭美食，构成了一座城市、一个地方美食的全貌，仅凭米其林、黑珍珠、金梧桐，当然不能用来评价一座城市、一个地方的美食地位，希望美食家们也把眼光放到大众餐饮和家庭餐食中，也希望大众传播能关注精致餐饮。如果我们这个社会连对待美食都有这么多的偏见，那社会矛盾该有多深！如果连说美食都有这么多纠结，那活着是多么的憋屈！这两种情况，显然都不至于，那么，我们还纠结什么呢？

　　追求美好生活，就从好好说美食开始，可以吗？

炭烧响螺

美食的边界

广西师范大学出版社是我最膜拜的出版社，在我人生灰暗的那几年，陪伴我的书籍中，有相当一部分就是这个出版社出版的。在周松芳博士多方沟通努力下，我的美食随笔终于可以由广西师范大学出版社出版，这是我的荣幸。

出版社希望我写写海外和国内西餐，这个话题很有意思，但新冠疫情阻挡了我的海外觅食计划。经过一番商议，大家觉得可以把题材扩大一些，于是有了中餐部分和我看美食纪录片《风味人间3》的观后感，结构有点散，但都是讲美食，观点和方法论是一致的。美食随笔不是什么论文，结构性可以不必那么严谨，大家翻到哪篇看哪篇，随性就好。

我也曾经是个典型的中国胃，出国都要带方便面和榨菜，改变我这习惯的，是美国的好朋友 Andy Lee。九年前，我在美国洛杉矶住了一段时间，他时不时带我去觅食，把洛杉矶的中餐馆吃了个遍，确实没有什么新意了，他动员我试试西餐，带着我吃比华利山米其林级别的，确实非常不错。这让我打开了欣赏美食的另一扇门：不仅仅是尝试去喜欢不熟悉的味道，还学会从就餐环境、服务、创新之处去欣赏美食。

人的味觉偏好大概在七八岁就养成了，味觉偏好养成的原理目前还不是很清楚，据说与肠道菌群有关。这种关联性有多大？如果关联性大，如何解释有些人味觉上很偏执，有些人味觉上很兼容？有些人原来不喜欢辣，但吃了一段时间后变成无辣不欢，是不是辣椒改变了这些人的肠道菌群？对肠道菌群的研究目前还很不充分，期待科学家们在这方面的研究能有所突破，到时我们"对症下药"，于健康和美食品位上都可以"度身定制"，多好！

从我个人的经验看，我觉得人的味觉偏好与心理有关。之前吃西餐，是抱着"迫不得已"的心态去的，这样的心态吃东西，怎么可能品尝出其中之妙？当我抱着"看看人家的美食与我们有什么不一样"的心态去欣赏美食时，果然效果就不一样，即使遇到自己不习惯的，也只是觉得"他们与我们不一样，我不喜欢"，然后还可以接着品尝别的菜。如果认为"难吃死了，简直无法入口"，这顿饭肯定就一塌糊涂，回家泡方便面去。我国地域差异很大，不同地方的菜味道也完全不同，在交流日益广泛的今天，如果过于固守自己的味觉偏好，不敢尝试不一样的味道，那无异于画地为牢，幸福指数也会因此下降。正如蔡澜先生所说："拼命找本国食物的人，不习惯任何其他味道的人，都是一些可怜的人，他们不适合旅行，只能在自己的国土终老。"于吃吃喝喝方面，我主张五湖四海，美食的边界，可以更模糊一些。

正如陈晓卿老师所说，中华民族历史悠久，但中国人吃饱饭的历史很短暂。美食文化及美食研究，是建立在美食基础上的，别看现在美食节目和美食自媒体、美食书籍挺多的，其实这远远不够，我们的起步晚了，各方面还处于低水平，需要更多对美食有兴趣的人共同努力。美食研究可以多维度、多种风格、百花齐放，我尝试用一种更严谨的风格来写美食，尽量做到言之有理，理必有据，拒绝戏说、听说。关于美食科学的研究，科学家们做了很多，我要做的工作是理解和消化，把这些难懂的研究成果尽量用简单易懂的语言表达出来。关于美食文化，老祖宗们也写了不少，有趣得很，为了其真实性，我多有原文引用并有翻译，聪明如你，完全看得懂的。之所以在短时间内推出这么多作品，除了各出版社的热情令我无法拒绝，也有我急于形成自己的一套美食研究体系这一因素在"作怪"，但每一篇写作，我都是很认真的，希望读者会喜欢。

与所有吃货一样，我也是一位陈晓卿迷。《风味人间》团队认真的田野调查和严谨的态度，对我启发良多，陈晓卿老师把我的名字列入强大的美食顾问团里，我既深感荣幸，又觉得才不配位，能做到的就是每集必看，认真做笔记，写观后感。这本书里，我主要是想借《风味人间》里的美食，谈谈我对美食的看法，千万别理解为"官方解读"。

陈晓卿老师是美食大家，对我多有鼓励和支持，我的公众号"辉尝好吃"就是在他和周松芳博士的鼓励下才开的。《吃的江湖》和《粤食方知味》，他热情洋溢地作了推荐，这本书，出版社希望由他来作序，以我的性格，不至于得寸进尺敢于提出这个要求，因为我知道，陈老师太忙了，做事又太认真了。出版社鼓励我，说陈老师的作品也是他们出版的，看在这两方面的交情上他应该不至于拒绝，于是我鼓足勇气，提出了这个非分之想。陈老师不仅答应了，而且花了两个多月的时间来思考和写作。用陈老师的话说，于他而言，这是"仅次于研究生论文"的难写之作，真不知如何表达我的感激之情，幸好我们还不算老，有的是时间，"来日方长"这句话，也还用得上。

我喜欢美食书看起来就让人流口水的样子，所以一向不惜冒着美食图片抢了文章风头的风险，邀请美食摄影家为我的书拍摄专门的照片，此次就邀请到了何文安老师为本书配图。同时也感谢《风味人间3》节目组为本书配图。出版社刘隆进兄为这本书亲自上门，对我又多有迁就，令人感动，在这里一并致谢！

检验合格

检验员　12